Liaison à Saint-Pétersbourg

ABBY GREEN

Liaison à Saint-Pétersbourg

Traduction française de
LOUISE LAMBERSON

AZUR

HARLEQUIN

Collection : Azur

Titre original :
THE INNOCENT BEHIND THE SCANDAL

HARPERCOLLINS FRANCE
83-85, boulevard Vincent-Auriol, 75646 PARIS CEDEX 13
Service Lectrices — Tél. : 01 45 82 47 47 - www.harlequin.fr
ISBN 978-2-2804-5452-0 — ISSN 0993-4448

Composé et édité par HarperCollins France. Achevé d'imprimer en juillet 2021.
par CPI Black Print - Barcelone - Espagne
Dépôt légal : août 2021.

MIXTE
Papier issu de sources responsables
FSC® C159065
FSC www.fsc.org

Pour limiter l'empreinte environnementale de ses livres, HarperCollins France s'engage à n'utiliser que du papier fabriqué à partir de bois provenant de forêts gérées durablement et de manière responsable.

1.

Le souffle court, Zoe contemplait l'homme superbe assis au premier rang. Il faisait manifestement partie des VIP invités au défilé de haute couture, l'un des plus courus de la *Fashion Week* de Paris.

Presque à regret, elle reporta son attention sur l'immense salle transformée en forêt de conte de fées, de vrais arbres bordant le podium. Un mélange de parfums capiteux flottait dans l'atmosphère tandis que les invités attendaient le début du défilé.

Comment avait-elle eu l'audace de s'infiltrer en catimini dans cet événement ultra-mondain réservé aux riches et aux célébrités ?

Une demi-heure plus tôt, alors qu'elle se trouvait devant le Grand Palais et prenait en photo les influenceurs de mode qui entraient dans le prestigieux édifice, Zoe avait soudain eu le regard attiré par un membre du personnel de restauration qui fumait sa cigarette devant une porte latérale. Et quand, peu après, le jeune homme était rentré en laissant la porte entrebâillée derrière lui, Zoe avait bondi et profité de l'occasion pour se glisser à l'intérieur.

Si elle parvenait à se mêler aux photographes accrédités, elle réussirait peut-être à passer pour l'un d'entre eux.

Comme certains la regardaient d'un air méfiant, elle pencha la tête en avant de manière à ce que ses cheveux tombent devant son visage. Avec un peu de chance, personne ne remarquerait qu'elle ne portait pas de badge.

C'était son premier défilé, alors qu'elle rêvait depuis toujours de devenir photographe de mode. Mais entre fantasmer devant les photos géniales des meilleurs photographes internationaux et compter au nombre de ceux-ci, il y avait un gouffre…

Tout en sachant qu'elle n'avait pas intérêt à se faire remarquer, Zoe ne put résister au désir de tourner à nouveau les yeux vers le sublime inconnu.

Non seulement il était l'homme le plus somptueux et le plus séduisant qu'elle eût jamais vu, mais il exsudait une aura de mystère. Il paraissait distant. Inaccessible. Il ne parlait à personne. Ne regardait personne. Se contentant de baisser régulièrement les yeux sur son smartphone.

Il devait être grand, à en juger par la façon dont il dominait ceux qui l'entouraient. Larges épaules, corps mince. Cheveux très courts, presque à la militaire. Châtain foncé.

Sans réfléchir, Zoe souleva son appareil-photo et regarda dans le viseur. Son cœur s'arrêta de battre.

En gros plan, l'inconnu était d'une beauté à couper le souffle. Peau hâlée. Hautes pommettes, paupières mi-closes. Une bouche ferme aux contours bien dessinés. Sensuelle. Une mâchoire déterminée mise en valeur par la barbe de deux jours.

Lorsqu'il tourna soudain la tête et que son regard croisa le sien à travers la lentille, Zoe frissonna. Ses yeux étaient sublimes. Gris. Froids. Méfiants. Il se tenait sur ses gardes.

Ce fut plus fort qu'elle. Son doigt appuya sur le déclencheur et l'appareil émit un petit *clic*, immortalisant l'image à tout jamais.

Mais avant même qu'elle ait eu le temps de baisser l'appareil, Zoe perçut du mouvement autour d'elle, puis se sentit tirée par sa veste et entraînée à l'écart.

— Qui êtes-vous et pourquoi m'avez-vous pris en photo ?

Confusément, Zoe songea que sa voix était assortie à son physique. Profonde et impérieuse. Teintée d'un léger accent. Par ailleurs, le somptueux inconnu était encore plus grand qu'elle ne l'avait imaginé. Il la dominait de toute sa hauteur si bien qu'avec son modeste mètre soixante-deux elle se sentit minuscule.

— Qui êtes-vous ? demanda-t-il de nouveau en l'examinant de la tête aux pieds. Où est votre accréditation ?

— Je…

Toute son audace l'avait désertée, à présent.

— Je n'en ai pas. Je suis vraiment désolée. La porte était entrebâillée et…

— Vous avez pensé que vous pouviez entrer illégalement ?

— Vous exagérez un peu, non ?

Sans répondre, il lui prit le bras et passa devant les invités assis au premier rang avant de se diriger vers l'entrée principale, située à l'opposé de la porte réservée au personnel.

Pour qui se prenait-il ? fulmina Zoe, les joues en feu. Ce n'était tout de même pas un crime de s'introduire dans le saint des saints sans y avoir été invitée !

Au passage, elle reconnut plusieurs personnalités qui la dévisagèrent d'un air choqué, voire méprisant, tandis que l'inconnu continuait de la tirer impitoyablement par le bras.

Lorsqu'ils eurent franchi la large double porte, Zoe réussit à se dégager. Aussitôt, des agents de sécurité s'avancèrent vers elle mais il les arrêta d'un geste de la main. Elle le regarda, le souffle court, frémissant d'indignation. Et… d'excitation.

— Et vous ? lui lança-t-elle en se massant le bras. Qui êtes-vous ?

Sans lui laisser le temps de réagir, il s'empara de son appareil-photo et fit passer la courroie par-dessus sa tête.

— Hé, rendez-le-moi ! protesta-t-elle vivement en tendant la main vers l'appareil. Vous n'avez pas le droit…

L'inconnu lui appuya fermement la main sur la gorge pour l'empêcher de s'approcher de lui.

Suffoquée, Zoe le regarda faire défiler les images en

plissant les yeux. Puis il referma la main autour de l'appareil et écarta celle posée sur sa gorge.

— Je le garde. Vous pouvez partir.

Son sang se glaça.

— Mais vous ne pouvez pas… Il m'appartient !

C'était son bien le plus précieux. L'appareil de son père qui l'accompagnait partout depuis…

— Vous pouvez effacer toutes les photos, dit-elle à la hâte. Je m'en fiche. Mais rendez-moi mon appareil, s'il vous plaît.

— Vous savez qui je suis ? répliqua-t-il d'une voix dure.

Zoe le regarda avec attention. Elle ne suivait pas l'actualité musicale de près et ne lisait pas la presse people, mais elle était quasiment certaine qu'il n'était ni acteur ni chanteur. Mannequin, peut-être… ? Elle avait vaguement l'impression de l'avoir déjà vu…

— Je suis Maks Marchetti.

Elle le dévisagea en silence, abasourdie.

Maks Marchetti.

— Le Marchetti Group, cela ne vous dit rien ? reprit-il en haussant un sourcil. Nous possédons entre autres la maison de haute couture qui présente ce soir ses toutes dernières collections.

Zoe se sentit blêmir.

— Je sais qui vous êtes, dit-elle faiblement.

Elle ne l'avait pas reconnu parce qu'il était le plus discret des frères Marchetti, lesquels avaient hérité de la holding de leur père à sa mort, survenue quelques années plus tôt.

Le Marchetti Group possédait les marques les plus haut de gamme, les plus grands noms du luxe. Il s'agissait d'un véritable empire qui s'était encore développé après la mort de son fondateur.

Ainsi, l'homme qui se tenait devant elle était l'un des héritiers de la célèbre holding… Un individu incroyablement puissant…

Zoe entendit de la musique. Le défilé commençait. Le

regard gris continuait de fouiller le sien, implacable. De toute évidence, Maks Marchetti se souciait peu de rater le début du défilé.

— Vous ne devriez pas y retourner ? demanda-t-elle d'un ton détaché. Quant à moi, je ne demande qu'une chose, récupérer mon appareil. Ensuite, je m'en irai, soyez tranquille, et vous ne me reverrez plus jamais.

Troublé malgré lui, Maks contempla la femme qui soutenait hardiment son regard. De taille moyenne. Mince. Assez petite, en fait. Mais il y avait quelque chose en elle qui avait retenu son attention au moment où il avait tourné la tête et vu l'objectif pointé vers lui.

Elle avait les cheveux mi-longs, blond doré. Des sourcils fins. La mâchoire délicate. Le nez droit. Les yeux d'une stupéfiante nuance de bleu-vert. Aigue-marine.

En un mot : jolie.

Non. Ravissante. En dépit de la fine cicatrice, d'environ trois centimètres de long, juste au-dessus de la lèvre supérieure. Et d'une autre, du même côté du visage, qui allait de la pommette à la naissance des cheveux. D'où provenaient-elles ? se demanda-t-il malgré lui. En tout cas, elles étaient anciennes.

Au même instant elle baissa la tête, si bien que ses cheveux voilèrent son visage.

— Vous ne devriez pas fixer ainsi les gens, murmura-t-elle. C'est impoli.

Maks résista au désir de lui soulever le menton pour l'obliger à lui faire face.

— Pas plus que de s'introduire par effraction dans un événement privé, rétorqua-t-il.

Lorsqu'elle redressa soudain la tête, il fut saisi par l'éclat de son regard, à présent plus vert que bleu et mis en valeur par de longs cils dorés. Elle ne portait aucun maquillage.

Elle n'en avait pas besoin. Son teint était parfait. Les cicatrices mises à part. Un teint de pétale de rose. Maks ne put s'empêcher de se demander si ces joues à la peau claire s'empourpraient dans la chaleur d'une étreinte passionnée. Si ces yeux verts prenaient des nuances orageuses.

La réaction de sa libido le surprit par son intensité. En fait, la beauté singulière de cette jeune femme le troublait profondément et le… rafraîchissait. Maks évoluait dans un univers où tout tournait autour de la beauté, de la perfection, où tout visait à les célébrer, aussi y était-il devenu presque indifférent. En revanche, le charme de cette inconnue le fascinait.

— Partez maintenant et je ne porterai pas plainte contre vous, dit-il en reculant d'un pas.

Le teint de rose pâlit encore.

— Nous ne tolérons pas la présence des paparazzis à nos défilés.

L'air indigné, elle entrouvrit les lèvres, attirant son attention sur la bouche sensuelle et pleine. Douce. Séduisante.

— Je n'ai rien à voir avec les paparazzis.

Décidément, elle jouait bien la comédie. Maks s'interdit de laisser descendre son regard sur le corps mince. Il ne *voulait pas* être attiré par cette femme. Il ne pouvait pas se le permettre.

— Peut-être, mais vous n'étiez néanmoins pas autorisée à assister à ce défilé - encore moins à prendre des photos.

Comme Maks Marchetti faisait un geste à l'attention de quelqu'un qui se trouvait derrière elle, Zoe se retourna. Deux agents de sécurité baraqués approchaient.

— Écoutez, lui dit-elle. Je n'avais pas de mauvaises intentions. Et je ne mens pas : je n'ai rien à voir avec les paparazzis !

Autant parler à un sourd…

— Raccompagnez cette jeune femme, ordonna-t-il aux deux costauds. Et faites en sorte qu'elle ne s'introduise plus dans aucun de nos défilés.

Les agents lui prirent chacun un bras, sans brutalité, mais fermement, tandis que Zoe foudroyait Marchetti du regard. Comment avait-elle pu le trouver beau ? Cet homme était un être cruel et froid.

À présent, elle pouvait dire adieu à ses rêves. Elle ne deviendrait jamais photographe de mode.

Zoe baissa les yeux sur son cher appareil-photo que Maks Marchetti tenait négligemment par la bandoulière.

— Et mon appareil ?

— Vous l'avez perdu dès l'instant où vous avez franchi illégalement le seuil de cet édifice. *Ciao !*

Le salaud… Il eut le toupet de se fendre d'un petit sourire en coin…

Maks regarda les agents de sécurité emmener la jeune femme et disparaître avec elle. L'espace d'un instant, il faillit leur courir après pour leur dire de la laisser tranquille.

Pour quoi faire ?

Avec un soupir, il regagna la salle mais resta debout au fond du vaste espace transformé en forêt enchantée. C'est à peine s'il entendit les salves d'applaudissements qui saluèrent l'extravagante robe de mariée, bouquet final du défilé. Alors qu'il venait de voir quelques-unes des plus belles femmes du monde parader sur le podium, il restait obsédé par une paire d'yeux couleur d'aigue-marine.

Et il ne lui avait même pas demandé son nom ! réalisa soudain Maks. C'est dire si elle l'avait troublé… Il retint un juron avant de se persuader qu'il avait bien fait de ne pas le lui demander.

Machinalement, il regarda l'appareil-photo qu'il tenait par la courroie. Un Nikon ancien modèle, un peu cabossé.

Il tourna les yeux vers la poubelle dissimulée dans un renfoncement. Il suffisait de s'en débarrasser et l'incident serait clos.

Lorsque le train ralentit aux abords de la gare de Saint-Pancras, Zoe frissonna. À Paris, il faisait soleil en ce début d'automne, mais à Londres, le ciel gris et bas ne lui remontait vraiment pas le moral. Chaque fois qu'elle revoyait Maks Marchetti lui disant *Ciao*, avec cet horrible sourire satisfait tandis qu'il balançait nonchalamment son appareil-photo au bout de la courroie, elle avait envie de hurler. Ou de pleurer.

Comment avait-elle pu perdre le précieux appareil de son père ? Et de façon aussi stupide ? Il devait avoir atterri au fond d'une poubelle, à présent. Après que Maks Marchetti en eut effacé toutes les photos. Et détruit la carte mémoire.

Sans réfléchir, elle effleura sa lèvre, puis la cicatrice. Causée par l'appareil en question dix-sept ans plus tôt, lorsque la voiture s'était écrasée, tuant ses parents et son petit frère. Elle avait huit ans, Ben cinq. Leurs parents étaient dans la fleur de l'âge.

Zoe tenait l'appareil dans ses mains et son père s'était retourné brièvement vers elle en lui disant de faire attention. L'instant d'après… Son monde avait implosé dans une boule de feu et de souffrances, et sa vie avait basculé. Elle était devenue orpheline. L'appareil-photo et elle avaient été les seuls survivants de ce tragique accident.

Elle ferma les yeux de toutes ses forces, comme si cela pouvait supprimer les souvenirs atroces, inspira profondément puis rouvrit les paupières. C'était sa faute si elle avait perdu l'appareil de son père. Elle n'aurait pas dû céder à cette impulsion ni écouter le photographe qui lui avait affirmé que prendre des photos d'un défilé lui ouvrirait des portes.

Un nouveau frisson la parcourut tandis qu'elle repensait

à Maks Marchetti. Il était si… intense. Face à lui, elle s'était sentie si… vivante.

Il avait regardé ses cicatrices. Comme tout le monde. Zoe avait l'habitude de voir la réaction de surprise de ceux qu'elle rencontrait. Quand il ne s'agissait pas de dégoût. Ou d'embarras. En général, elle avait droit à un sourire coupable ou d'excuses.

Elle avait de la chance. Ses cicatrices ne la défiguraient pas. Et lorsque Maks Marchetti les avaient fixées, elle ne s'était pas sentie menacée. Zoe avait penché la tête parce que, à son grand désarroi, elle avait éprouvé un bouleversement intime et craint qu'il ne s'en aperçoive.

Le froid l'envahit. Elle avait ressenti un peu la même chose avec Dean, l'homme qui avait trahi sa confiance. Il avait même failli faire bien pire que cela.

Depuis cette lamentable histoire, Zoe n'était plus aussi naïve. Désormais, quand un homme l'attirait, elle se méfiait doublement.

Le train ralentit encore, entra dans la gare et s'immobilisa.

Puisqu'elle avait appris à se méfier, pourquoi éprouvait-elle un sentiment de perte à la pensée de ne plus jamais revoir Maks Marchetti ?

C'était ridicule, se répéta-t-elle en se dirigeant bientôt vers le réseau labyrinthique du métro londonien pour regagner son minuscule appartement de l'East End. Leurs univers étaient diamétralement opposés. Elle était marquée - extérieurement et intérieurement. Lui évoluait dans une sphère où tout était lisse et parfait.

Cette expérience lui servirait de leçon. Elle avait tenté de s'infiltrer dans un monde qui lui resterait fermé. En vérité, sa passion pour la photographie n'était qu'un hobby. Un hobby qui l'avait conduite dans une impasse. Parce que maintenant elle pouvait dire adieu à tout espoir de carrière dans ce milieu. Et dans l'immédiat, elle devait gagner sa vie.

Londres, deux semaines plus tard.

Zoe avait mal aux bras, et encore plus au visage à force de sourire. Son lourd plateau s'allégeait au fur et à mesure qu'elle passait parmi le gratin de la société londonienne avec ses coupes de champagne. Bientôt, elle irait chercher une nouvelle cargaison avant de recommencer sa tournée...

La société de restauration qui l'embauchait à temps partiel travaillait ce soir-là pour un événement célébrant l'ouverture d'une boutique de créateur et son nouveau directeur artistique. Le magasin était situé sur Bond Street et, ironie du sort, la marque appartenait au Marchetti Group.

Zoe sentit un picotement dans la nuque mais l'ignora en se traitant de paranoïaque. Maks Marchetti se trouvant à Paris, il ne risquait pas d'apparaître tout à coup devant elle.

Au moment où elle tournait la tête vers un groupe de personnes qui attendaient qu'elle leur propose du champagne, elle aperçut, à l'autre extrémité de l'espace, un homme de haute taille, aux cheveux châtain foncé coupés très court. La chemise blanche entrouverte à l'encolure, une coupe de champagne à moitié vide dans une main, il penchait la tête vers une grande femme à la chevelure flamboyante vêtue d'une robe ultra-courte vert pomme dévoilant de longues jambes fuselées.

C'était bien lui.

Comme s'il avait senti qu'elle le fixait, Maks Marchetti redressa la tête et ses yeux gris croisèrent les siens tandis que Zoe restait clouée sur place.

Il fronça les sourcils. Son regard devint glacial. Puis il dit quelque chose à sa compagne sans quitter Zoe des yeux, posa sa coupe sur une table et s'avança vers elle.

Paralysée, elle fut incapable de prendre la fuite.

— Comment êtes-vous entrée ?

— Je travaille pour Stellar Events.

— Bien sûr ! s'exclama-t-il d'un ton sardonique.

Il empoigna son plateau, faisant trembler périlleusement les coupes de champagne.

— Hé ! Attention !

— Donnez-moi ce plateau et sortez d'ici. *Immédiatement.*

— Non, je travaille vraiment ici ! protesta Zoe. Et puis, vous ne pouvez tout de même pas me virer à chaque fois que vous me rencontrez !

Elle tira sur le plateau à l'instant même où il le lâchait, si bien qu'elle perdit l'équilibre. Comme au ralenti, Zoe vit le plateau basculer vers elle, puis la douzaine de coupes pleines s'écraser sur le sol en béton ciré, projetant du champagne dans toutes les directions.

Un murmure parcourut l'assemblée, suivi d'un silence mortel. Profondément choquée, Zoe demeura immobile, le visage aspergé de champagne et le chemisier trempé.

Quant à Maks Marchetti, il la dévisageait, la mine effroyablement sombre. Soudain, le patron de Zoe apparut dans son champ de vision. Déjà stressé avant le début de la soirée, il avait le visage cramoisi et semblait prêt à exploser.

— Je suis désolée, Steven…, commença-t-elle en serrant son plateau contre sa poitrine en guise de bouclier.

— Taisez-vous. Nettoyez et venez me voir à la cuisine quand vous aurez terminé.

Il fit signe à un autre serveur qui se précipita vers eux muni d'une balayette et d'une pelle, suivi d'un autre apportant des rouleaux d'essuie-tout.

Incapable de regarder Maks Marchetti, Zoe se pencha et entreprit de ramasser les morceaux de verre. Évidemment, elle se coupa…

Marchetti apparut aussitôt à côté d'elle.

— Laissez, dit-il en lui prenant la main. Vous êtes blessée.

Troublée par le courant brûlant qui lui montait dans le bras, elle dégagea sa main avec colère.

— Laissez-moi tranquille, s'il vous plaît. Vous m'avez déjà causé assez d'ennuis, il me semble !

Ignorant la douleur provoquée par la coupure, elle continua à ramasser les bris de verre. Quand elle se redressa, bouillant d'humiliation, Maks Marchetti avait disparu.

Chargée de son plateau recouvert de morceaux de verre, Zoe se rendit à la cuisine où son patron l'attendait. Il la laissa poser son plateau, puis sortit une enveloppe de sa poche et l'agita devant elle, l'air ulcéré.

— Vous savez qui c'était ?

— Oui, hélas.

— Qu'est-ce qui vous a pris de vous bagarrer avec lui à propos d'un *plateau* ?

Steven fit un geste de la main, coupant court à toute tentative d'explication.

— Maks Marchetti est l'une des personnalités les plus importantes de l'univers de la mode et du luxe. Et en plus, son frère Nikos participe lui aussi à cette soirée !

Il lui tendit l'enveloppe.

— Je regrette, Zoe, mais nous ne pouvons pas vous garder après ce qui vient de se passer. Nous ne reprendrons plus contact avec vous.

À quoi bon essayer de se défendre ? Quoi qu'elle dise, Steven ne lui pardonnerait pas d'avoir discrédité sa société.

— Vous laissez des traces de sang partout, poursuivit-il en baissant les yeux sur sa main. Occupez-vous de cela, pour l'amour du ciel ! Et ensuite, allez-vous-en.

C'était sans doute sa façon de lui dire au revoir, songea Zoe en contemplant bêtement sa main blessée. Elle poussa un soupir, puis ouvrit les placards tour à tour et finit par trouver une trousse de secours. Après avoir nettoyé la plaie, elle enroula un pansement autour de son doigt et tressaillit de douleur. Tant mieux. La souffrance lui éviterait de penser à Maks Marchetti. Pourvu qu'elle ne le revoie *jamais*.

Un espoir illusoire… Quand elle sortit par la porte de service un peu plus tard, un cabriolet racé gris métallisé était garé le long du trottoir. Stupéfaite, Zoe vit la portière s'ouvrir et la haute silhouette désormais familière émerger du véhicule.

Lui tournant le dos, elle s'avança sur le trottoir, déterminée à s'éloigner le plus vite possible de cet homme insupportable, mais il lui emboîta le pas. Elle continua de marcher, sans se retourner, consciente de son vieux pantalon noir, de son chemisier blanc encore mouillé et de sa veste en cuir usé. Sans oublier ses chaussures plates et son petit sac à dos. Rien de commun avec les femmes à qui elle avait servi du champagne ce soir. Et alors ? Qu'est-ce que ça pouvait bien lui faire ?

Zoe s'arrêta et fit volte-face.

— Qu'est-ce que vous voulez encore ? J'ai été virée – cela ne vous suffit pas ? La rue est à tout le monde, que je sache ?

Il leva la main, l'air un peu… penaud.

— Je vous dois des excuses, dit-il en laissant retomber son bras.

— Ah ? fit-elle, désarçonnée.

Mais elle se ressaisit aussitôt.

— En effet.

— Je ne voulais pas qu'il vous renvoie. Lorsque je vous ai aperçue tout à coup, j'ai…

Maks s'interrompit, à court de mots. Ce qui ne lui arrivait jamais. Cela faisait deux semaines qu'il était littéralement obsédé par le souvenir de cette femme. Elle occupait toutes ses pensées, jour et nuit. Et quand il l'avait reconnue, parmi la foule d'invités, il avait été si surpris de la voir que toute rationalité l'avait déserté. Il avait même oublié qu'il en était arrivé à la conclusion qu'elle n'avait pas menti et n'avait rien à voir avec les paparazzis.

Leur rencontre l'avait marqué. Profondément. Dès l'instant où il avait vu l'objectif braqué sur son visage, il avait réagi de façon extrême. À sa place, son frère Nikos aurait souri et pris la pose.

Pour Maks, toute lentille d'appareil-photo représentait une intrusion dans sa vie privée, une menace, et il avait passé ces deux semaines à se demander s'il avait dramatisé un simple incident à cause d'un traumatisme ancien.

Et pourtant, quand il avait aperçu l'inconnue du Grand Palais tout à l'heure, il avait ressenti la même réaction viscérale - et contradictoire. Le besoin de l'approcher et celui de la repousser. Alors que, cette fois, elle n'avait même pas son appareil-photo.

Quelle que soit l'ambiguïté des sentiments qu'elle provoquait en lui, impossible de la laisser disparaître à nouveau. Pas seulement parce qu'il lui devait des excuses, mais pour d'autres raisons, plus obscures.

Notamment le désir physique qu'il ressentait pour elle.

Maks refoula cette pensée, captivé par la jeune femme. Elle avait défait son chignon mais ses cheveux ne parvenaient pas à dissimuler ses traits fins. Ni les cicatrices. Il se retint de les effleurer du bout du doigt.

— Pourquoi vous êtes-vous introduite dans le Grand Palais, puisque votre intention n'était pas de photographier les célébrités dans un but vénal ?

— Vous ne me prenez plus pour un paparazzi ?

Il secoua la tête.

— J'ai examiné vos photos. Mode. Paysages. Architectures. Silhouettes. Visages.

Des visages dont le sien, songea Zoe avec un frisson.

Maks Marchetti l'observait en silence. Il s'attardait sur ses cicatrices mais, comme la première fois, cet examen ne la dérangeait pas plus que ça.

Il attendait toujours sa réponse.

— J'ai sauté sur l'occasion, fit-elle avec un soupir. Je n'avais encore jamais assisté à un défilé et j'espérais nouer quelques contacts intéressants pour m'introduire dans le milieu. C'est tout.

— Vous souhaitez faire de la photographie de mode ?

À vrai dire, Zoe n'avait jamais exprimé ce souhait à voix haute. Devant personne.

— Oui, cela m'a toujours attirée. Mais je suis loin d'avoir les qualifications requises pour envisager de devenir une professionnelle.

— Alors vous travaillez comme serveuse en attendant ?

— Entre autres, répliqua-t-elle avec un haussement d'épaules. Je fais aussi des baby-sittings, des ménages, et j'apprends l'anglais à des réfugiés – mais en tant que bénévole.

Pourquoi racontait-elle sa vie à Maks Marchetti, l'un des hommes les plus riches du monde ?

Soudain embarrassée, elle recula d'un pas.

— J'apprécie vos excuses. Maintenant, je suis sûre que vos amis vous attendent. Et moi, je ferais mieux de rentrer.

Comme elle se détournait de lui, il l'interpella :

— Attendez.

Elle s'immobilisa, le cœur battant à tout rompre. Maks Marchetti la rejoignit aussitôt.

— Vous voulez bien qu'on recommence tout à zéro ?

Il lui tendit la main.

— Bonsoir, je suis Maks Marchetti.

Interloquée, Zoe contempla la main tendue. Elle leva les yeux, il sourit, ce qui la bouleversa bien malgré elle.

Face à un Maks Marchetti souriant, elle se sentait désarmée. La première fois qu'elle l'avait rencontré, il avait été sublime mais distant. Puis dur et cruel. Intimidant. Maintenant qu'il souriait, il était… irrésistible.

Zoe inspira profondément et, renonçant à toute prudence, serra la main tendue.

— Enchantée, je m'appelle Zoe. Zoe Collins.

La grande main chaude enveloppa la sienne, faisant naître

de nouveau le courant brûlant qui fusa dans tout son bras. Cette fois pourtant, Zoe ne dégagea pas sa main.

— Zoe. Ce prénom vous va bien. Il est piquant.

Sa remarque fit pétiller des étincelles partout en elle.

— Je ne suis pas piquante, d'habitude, répliqua-t-elle en dégageant sa main. Vous avez manifestement le don de me faire sortir de mes gonds.

Le sourire de Marchetti s'éteignit.

— Vous avez perdu votre job à cause de moi.

— Oh ! ce n'est pas si grave, le rassura Zoe à la hâte. Je ne travaillais pour eux que quelques soirs par mois - et encore.

Il la regarda un long moment en silence.

— Je peux vous inviter à boire un verre, pour me faire pardonner ?

2.

— Boire un verre… ? répéta Zoe, éberluée. Avec vous ?

— Oui, acquiesça-t-il tranquillement. Pour me faire pardonner d'avoir été aussi brutal - et à deux reprises.

Il l'invitait à boire un verre parce qu'il se sentait coupable, voilà tout. Dire que, l'espace d'un instant, elle s'était imaginé qu'elle lui plaisait…

— Merci, mais ce n'est vraiment pas la peine. Et puis, c'est moi qui étais dans mon tort, à Paris. Vous aviez parfaitement le droit de me faire évacuer.

Et de me confisquer mon appareil-photo…

— Je ne vous invite pas seulement pour m'excuser. J'aimerais vous emmener boire un verre pour vous connaître un peu mieux. Vous… m'intriguez.

Pardon ? Elle l'intriguait ? Elle, Zoe Collins ?

— Je… Vous ne devriez pas plutôt retourner à la soirée ? C'est vous qui l'avez organisée, non ?

— Je m'y suis montré et j'ai vu qui je désirais voir.

Zoe secoua la tête.

— Monsieur Marchetti, cette boutique de luxe, c'est votre univers.

Elle désigna l'arrêt de bus tout proche.

— Et voici le mien. Merci encore pour l'invitation, mais je ne pense pas que ce soit une bonne idée.

— Maks, répartit-il avec un petit sourire moqueur. Quand on m'appelle « monsieur Marchetti », cela me rappelle toujours mon père - ce qui n'a rien d'agréable.

Pourquoi ? se retint de demander Zoe.

— Votre petit ami vous attend à la maison ? enchaîna-t-il soudain en plissant le front.

Le plus sage aurait été de mentir et de s'en aller, de ne jamais le revoir.

— Non. Je vis seule. Je suis… seule.

Elle n'avait pas eu l'intention de lui faire un tel aveu, mais alors qu'elle prononçait ces paroles, Zoe éprouva cette sensation familière de vide en elle. Le gouffre qu'elle avait essayé de combler en se liant avec un homme qui avait trahi sa confiance.

Depuis ce jour, elle fuyait tout attachement. Mais à la perspective de s'éloigner maintenant de Maks Marchetti, pour toujours, tout son être se rebellait. Et puis, il ne s'agissait que de boire un verre, après tout.

— Alors ? demanda-t-il. Qu'est-ce qui vous retient ?

Un verre. Juste un verre.

Brusquement, Zoe se trouva ridicule. Elle fantasmait sur ce qui n'était qu'un geste de politesse, même si Maks Marchetti avait dit qu'elle l'intriguait.

— Rien, vous avez raison. OK. J'accepte votre invitation.

Décidément, elle l'intriguait de plus en plus. Alors que la plupart des femmes auraient accepté son invitation avec empressement, Zoe avait paru la considérer sous tous les angles avant de se décider.

— Je connais l'endroit idéal, pas loin d'ici. Je vous y emmène, dit-il en lui ouvrant la portière.

Elle contempla sa voiture avec méfiance, presque avec effroi, mais hocha néanmoins la tête et s'assit sur le siège en cuir.

Une fois installé au volant, Maks envoya un bref SMS pour prévenir de leur arrivée, puis démarra, avant de remarquer que Zoe serrait les mains sur le petit sac à dos posé sur ses genoux.

— Vous avez peur, en voiture ?

Elle lui adressa un bref regard en biais.

— Plus ou moins.

— Vous ne conduisez pas ?

— Non. Comme je vis à Londres, je n'en ai pas vraiment besoin.

Derrière la banalité de sa réponse, Maks devina une autre raison, plus personnelle.

— Ne vous inquiétez pas. Je suis un excellent conducteur.

Elle laissa échapper un petit rire mélodieux.

— Cela ne devrait pas m'étonner, je suppose !

Maks sourit. C'était stupide, mais il exultait d'avoir réussi à la détendre.

Quelques instants plus tard, il arrêtait sa voiture.

— C'est un club privé. J'espère que cela ne vous dérange pas ? demanda-t-il à Zoe.

— Pas du tout, répondit-elle d'un ton détaché.

Comme si elle terminait toutes ses soirées dans un club privé…

À peine avait-elle détaché sa ceinture qu'un voiturier s'avança pour lui ouvrir la portière. Zoe descendit du véhicule, les jambes un peu tremblantes, comme à chaque fois qu'elle avait fait un trajet en voiture - aussi court fût-il. Cependant Maks n'avait pas menti. De façon étrange, elle s'était sentie parfaitement en sécurité dans le cabriolet qu'il conduisait avec calme et assurance. Alors que d'habitude elle tremblait de la tête aux pieds.

Ensemble, ils avancèrent vers les marches conduisant à une large porte en chêne. Rien n'était indiqué sur la haute bâtisse, attestant qu'il s'agissait d'un endroit *très* privé. Et sans aucun doute réservé à l'élite.

Docilement, Zoe gravit les marches, consciente de la proximité de Maks. Pourquoi avait-elle l'impression absurde de vivre des instants importants ? Qu'il allait se passer quelque chose de singulier ? Aux yeux de Maks Marchetti, elle représentait une curiosité, voilà tout. Alors inutile de s'imaginer qu'il s'intéressait à elle.

La porte s'ouvrit sur une femme mince en tailleur noir qui s'effaça pour les laisser entrer.

— Bonsoir, mademoiselle Collins, bonsoir, monsieur Marchetti. Puis-je prendre vos manteaux ?

Surprise que l'hôtesse connaisse son nom, Zoe hésita un instant. Maks lui posa la main sur le dos. La sensation fut brève, aussi imperceptible que troublante.

Se ressaisissant, elle enleva sa veste et la tendit à l'hôtesse, puis s'avança avec l'impression de s'aventurer en terrain dangereux, en même temps qu'elle se sentait entraînée par une force irrépressible.

— Qu'en pensez-vous ? demanda Maks avec curiosité.

L'air fasciné, Zoe contemplait l'impressionnant lustre en cristal dont les fausses bougies déversaient leur lumière dorée sur les box. Il brûlait de lui repousser les cheveux en arrière pour mieux voir son visage.

Qu'est-ce qui lui prenait, bon sang ? Il ne s'autorisait pas de tels gestes en public, d'ordinaire.

— J'ai l'impression d'être... dans un boudoir.

Elle tourna les yeux vers lui en rosissant.

— Non que je sois jamais allée dans un boudoir, ajouta-t-elle à la hâte.

— C'est un peu chargé, comme décor, reconnut Maks. Et démodé. Nous allons bientôt tout faire refaire.

— Les Marchetti sont les propriétaires de ce club ?

— Il fait partie de notre portefeuille immobilier, répondit-il nonchalamment.

— Y a-t-il des endroits que vous ne possédez pas ?

Il la regarda un instant en silence.

— Oui, des tas. Mais nous nous employons à remédier à la situation, dit-il, pince-sans-rire.

— Vous envisagez de dominer le monde ?

Il sourit, amusé.

— Plus ou moins.

Ils se dévisagèrent un long moment, jusqu'à ce que Zoe détourne les yeux.

— Pourquoi certains box sont-ils fermés ? demanda-t-elle en contemplant les lourds rideaux de velours pourpre entourant le leur, présentement ouvert.

— Pour que leurs occupants puissent jouir de plus d'intimité s'ils le désirent.

Elle plissa le front.

— Mais pour quoi… ?

La roseur colorant ses pommettes vira à l'écarlate.

— Oh…

Quand avait-il vu une femme rougir pour la dernière fois ? Et quand cela avait-il produit un tel effet sur sa libido ?

Un serveur mit fin à ses interrogations. Sur son plateau étaient posés une bouteille de champagne, un seau à glace et deux flûtes en cristal. Lorsqu'il repartit avec son plateau vide, Zoe se tourna vers Maks.

— Est-ce nécessaire ? Il ne s'agit pas d'un rendez-vous galant.

— Vraiment ? répliqua-t-il en lui tendant l'une des deux flûtes.

Le cœur de Zoe battait la chamade.

— *Salute*, dit Maks en levant son verre vers elle.

Après un instant d'hésitation, elle l'imita et entrechoqua sa flûte avec la sienne.

— Santé.

Elle but une gorgée de champagne et le sentit pétiller sur sa langue.

— Vous avez un accent… Vous n'êtes pas anglaise ?

— Non, irlandaise, répondit-elle, surprise qu'étant étranger lui-même il ait remarqué son accent. Mais je vis à Londres depuis l'âge de dix-huit ans.

— Vous avez de la famille, en Irlande ?

Zoe se raidit et secoua brièvement la tête.

— Vous êtes italien, n'est-ce pas ? répliqua-t-elle pour couper court à d'autres questions de Maks.

— À moitié italien, à moitié russe. Ma mère est russe.

— Et vous avez des frères, je crois ?

— Deux demi-frères. Et une demi-sœur du côté de ma mère. Sasha est née d'une liaison de ma mère avec un garde du corps américain. L'un des nombreux amants qu'elle a connus durant son mariage avec mon père.

Aucune émotion n'avait coloré sa voix mais Zoe y perçut une légère pointe d'amertume.

— Êtes-vous proche de vos frères et de votre sœur ?

— Je n'ai pas grandi avec mes frères. Ce n'est qu'après la mort de notre père que nous avons repris la direction de la holding et que nous avons pu nous connaître un peu mieux. Alors, non, je ne dirais pas que nous sommes proches, eux et moi. En revanche, je suis très proche de ma sœur.

— Quel âge a-t-elle ?

— Vingt-cinq ans.

Le même âge que Zoe. Craignant qu'il ne l'interroge de nouveau sur sa famille, elle demanda :

— Avez-vous vécu en Russie ?

Lentement, il porta son verre à ses lèvres et en but une gorgée, puis secoua la tête. Elle remarqua ses mains. Masculines. Aux longs doigts. Un frisson la parcourut.

— Pas vraiment. La famille de ma mère a rompu tout lien avec elle quand elle s'est mariée avec mon père et qu'il s'est emparé de son héritage. C'était une habitude, chez lui : il dépouillait ses épouses pour assouvir ses ambitions.

Zoe le dévisagea en silence, surprise par sa franchise.

— Ce n'est pas un secret, vous savez ! ajouta-t-il, sardonique. Tout est disponible en ligne.

— Où avez-vous grandi, alors ?

— Principalement à Rome et à Paris.

À cet instant, une jeune femme en tailleur-pantalon gris perle s'arrêta devant eux.

— Désolée de vous déranger, mademoiselle Collins.

Se tournant vers Maks, elle lui tendit un petit sac en tissu.

— Le voici, monsieur.

— Merci, Maria.

Dès que la jeune femme eut disparu, Maks posa le sac devant Zoe.

— Ceci est à vous.

Zoe reconnut immédiatement l'objet qu'il contenait. Déjà, une émotion incontrôlable l'envahissait. Les doigts tremblants, elle sortit son appareil-photo.

— Je croyais que vous l'aviez jeté à la poubelle…

— J'ai failli le faire… mais quelque chose m'en a empêché.

— Je suis contente que vous l'ayez gardé, répliqua-t-elle, la gorge nouée.

— Cet appareil a une grande valeur pour vous, manifestement.

Zoe hocha la tête.

— C'était l'appareil de mon père. Il était photographe, entre autres…

— Est-il possible que j'aie entendu parler de lui ?

— Il est mort il y a longtemps, répondit-elle, esquivant la question. C'est pour cela que je tiens autant à cet appareil.

— Vous êtes douée. Vous avez fait une école ?

— Non, je suis autodidacte.

— Et ce soir-là, au Grand Palais, vous souhaitiez enrichir votre expérience.

— Je suis vraiment désolée d'avoir…

— Quand j'ai vu l'objectif braqué sur moi, j'ai réagi de façon excessive, l'interrompit-il. Je ne supporte pas que l'on viole mon intimité. Durant notre enfance et notre adolescence, ma sœur et moi avons été harcelés en permanence par les paparazzis à cause des liaisons diverses de nos chers parents, de leurs disputes puis de leur divorce.

— Cela a dû être très dur pour vous et votre sœur. Quel âge aviez-vous quand ils ont divorcé ?

— Quinze ans. Ma mère en est maintenant à son troisième mari.

À en juger par la dureté du ton, il n'avait pas envie d'en parler davantage, ce que Zoe comprenait parfaitement. Il y avait des tas de sujets qu'elle-même préférait taire.

— Merci infiniment, dit-elle en reprenant l'appareil.

— Pourquoi m'avez-vous pris en photo, lors du défilé ?

La chaleur lui monta aux joues, mais elle soutint le regard dardé sur son visage.

— Dois-je vraiment vous dire que vous êtes très beau ?

— Ce soir-là, il y avait des hommes bien plus séduisants que moi.

Peut-être, mais Zoe n'avait eu d'yeux que pour lui.

— Vous avez attiré mon attention… sans le vouloir… À cause de votre attitude… réservée. Votre air distant.

Comment décrire ce genre de choses ? se demanda-t-elle, cherchant vainement ses mots.

L'ombre d'un sourire passa sur les lèvres de Maks.

— Je ne supporte pas non plus les gens qui parlent pour ne rien dire, ou qui se gargarisent avec les derniers potins…

Il la couva d'un regard si intense qu'elle frissonna.

— Vous aussi, vous avez attiré mon attention, acheva-t-il.

Le cœur de Zoe se mit à battre à un rythme sauvage.

— Je n'ai rien de spécial, pourtant…

Elle était sincère, comprit Maks. Elle se croyait banale. Quelconque.

— Je n'ai pas cessé de penser à vous depuis notre rencontre. J'ai gardé votre appareil et regardé les photos que vous aviez prises. Il n'y en a aucune de vous.

— Pourquoi me prendrais-je en photo ?

— Parce que vous êtes belle, Zoe.

Elle évitait son regard.

— Ne vous croyez pas obligé de dire ce genre de choses. Je sais très bien que je ne le suis pas.

Sa timidité était touchante.

— Vous ne mesurez pas un mètre quatre-vingts et vous n'avez ni le physique ni l'allure d'une top model, mais je vous assure que vous êtes belle.

Zoe risqua un coup d'œil dans sa direction. Non, il ne se moquait pas d'elle. Il était sincère – il la trouvait belle. Ce qui le rendait encore plus dangereux.

Elle avait eu beaucoup de mal à se remettre de sa relation avec son ex, or Dean Simpson n'arrivait pas à la cheville de l'homme assis en face d'elle. Alors, dans quel état se retrouverait-elle si elle s'autorisait un rapprochement avec Maks ?

De ce côté-là, tout espoir lui était interdit. Parce que, après avoir cru au bonheur, elle était tombée de haut et la chute avait été très brutale et douloureuse.

— Je ne me fais aucune illusion, dit-elle en le regardant dans les yeux. Les marques que vous dirigez célèbrent la beauté et la perfection, et nous savons tous les deux que je suis l'opposé de cet idéal. Notamment à cause de mes cicatrices.

Il promena son regard sur son visage, la faisant rougir à nouveau.

— La notion de perfection est surfaite, croyez-moi. Ce

qui m'intéresse davantage, c'est ce qu'il peut y avoir de beau dans un défaut, une imperfection. Tout le monde en a, Zoe, mais la plupart des gens les dissimulent sous un extérieur pseudo-parfait.

Une sensation étrange envahit Zoe. Elle ne s'était pas attendue à entendre Maks tenir un tel discours.

— Et votre blessure ? demanda-t-il en lui prenant la main. Ça va mieux ?

Zoe baissa les yeux sur le pansement entourant son doigt. Elle avait du mal à respirer. Et ne pouvait se résoudre à dégager sa main.

— Oui, je n'ai plus mal. La coupure n'était pas profonde.

— C'est néanmoins ma faute si vous vous êtes blessée.

Cette fois, elle se résolut à écarter sa main.

— Rien de grave, vraiment, insista-t-elle.

Reprenant sa flûte de champagne, Zoe la porta à ses lèvres en espérant que l'alcool calmerait les battements désordonnés de son cœur. Jamais elle n'aurait pensé qu'un homme comme Maks Marchetti puisse être aussi perspicace. Et puis, le fait qu'il lui ait rendu son appareil-photo ravivait des émotions trop vives, trop intenses.

Il fallait qu'elle se reprenne. Et vite.

— Vous voulez bien m'excuser cinq minutes ?

— Je vous en prie, répondit-il en hélant un serveur.

Celui-ci s'avança aussitôt vers leur box et indiqua à Zoe où se trouvaient les toilettes.

Quelques instants plus tard, elle y pénétrait, avant de s'adosser à la porte fermée durant quelques instants.

Elle n'aurait pas dû accepter l'invitation de Maks, se reprocha-t-elle en se dirigeant vers le lavabo. Elle ne le reverrait jamais, de toute façon.

Après s'être passé les poignets sous l'eau froide, Zoe s'aspergea le visage puis se regarda dans le miroir. Elle avait les pommettes rose vif, les yeux trop grands, le regard trop brillant. Les cheveux dans tous les sens. Elle n'était décidément pas sophistiquée. Ni belle. Maks Marchetti devait avoir un problème de vue. Il la trouvait sans doute intéressante parce qu'elle était différente de celles qu'il fréquentait d'habitude, voilà tout.

Alors que Zoe revenait vers lui, Maks remarqua la tension qui émanait de son corps mince, la façon dont elle fuyait son regard. Il devina ce qu'elle allait dire avant même qu'elle entrouvre les lèvres.

— J'ai passé un très bon moment, dit-elle en s'arrêtant devant leur table. Merci pour le verre, Maks, mais il faut que je rentre, maintenant. Je travaille demain matin et j'habite loin d'ici.

Inutile d'essayer de la convaincre de rester. Elle ressemblait à un faon prêt à prendre la fuite. Elle résistait à l'attirance qui palpitait entre eux, ce qui l'intriguait plus que jamais.

— Pas de problème, dit Maks, feignant l'insouciance. Je vous raccompagne.

— Oh non, répliqua-t-elle à la hâte. Ce n'est pas la peine. J'habite dans l'East End, à l'autre bout de Londres - ce sera beaucoup plus rapide en métro.

Il jeta un coup d'œil à sa montre. 23 heures passées.

— Et plus dangereux. J'insiste. Il n'y a plus beaucoup de circulation, à cette heure-ci. Cela ne prendra pas plus de temps qu'en métro.

Zoe parut sur le point de protester, puis acquiesça.

— D'accord. Si vous êtes sûr que cela ne vous écarte pas trop de votre chemin.

C'était le cas. Aller dans l'East End avant de rentrer chez lui représentait un sacré détour, mais Maks s'en moquait. Il se sentait plein d'énergie, et cette fois il était hors de question qu'il laisse cette femme lui filer entre les doigts.

— Pas du tout, dit-il en se levant.

Une fois en voiture, Zoe lui indiqua la direction à suivre

et ils s'éloignèrent rapidement de Bond Street. Du coin de l'œil, il remarqua qu'elle était de nouveau crispée et serrait les mains autour de son sac.

— Pourquoi avez-vous quitté l'Irlande ? demanda-t-il pour détendre l'atmosphère. C'est un très beau pays, non ? Mon frère y possède une maison et sa femme est irlandaise. Ils ont un petit garçon.

À vrai dire, Maks n'arrivait pas encore à croire que, après avoir découvert récemment qu'il avait un fils, son play-boy de frère avait épousé la mère de celui-ci.

De son côté, le mariage n'était pas pour lui. Jamais il ne prendrait le risque de faire vivre à un enfant ce que lui-même avait subi à cause du mariage dysfonctionnel de ses parents.

— Je voulais voyager et élargir mon horizon, répondit Zoe en haussant les épaules.

— Vous êtes allée dans d'autres pays ?

— Oui, un peu partout en Europe. Mais pas autant que je l'aurais souhaité.

Elle ne lui disait pas tout, c'était évident. Cependant il n'insista pas. Pour l'instant.

Le silence qui s'installa entre eux n'avait rien d'angoissant. Au contraire, Zoe se sentait en sécurité comme un peu plus tôt, lors du trajet de Bond Street au club privé.

— Tournez à droite au prochain carrefour, puis prenez la première à gauche, dit-elle précipitamment en réalisant qu'ils étaient presque arrivés. C'est ici, vous pouvez vous arrêter.

Maks se gara habilement entre deux voitures.

— Vous habitez dans cet immeuble ?

— Oui, au dernier étage.

Dans un appartement grand comme un mouchoir de poche…

Il détacha sa ceinture, ouvrit sa portière et descendit du

véhicule. Quand elle en sortit à son tour, il l'attendait déjà au bas des marches.

— Vos clés ? fit-il en tendant la main.

Zoe se retint de rouler des yeux.

— Je peux me débrouiller seule. Vous pouvez vous en aller.

— Pas question. Je ne partirai que lorsque je vous saurai en sécurité.

— Je parierais que ce quartier est plus sûr que celui que nous venons de quitter ! protesta-t-elle, un peu agacée par son attitude paternaliste. Ses habitants forment une communauté très soudée.

— Zoe…

Elle frissonna en l'entendant dire son prénom. La lumière du réverbère auréolait ses cheveux châtains. Avec les immeubles modestes en arrière-plan, Maks paraissait presque… irréel. Et il ne s'en allait toujours pas…

Résignée, Zoe sortit ses clés de son sac et les lui tendit.

— Vous êtes ridicule, fit-elle avec un soupir.

Il s'empara des clés et gravit les marches, mais au lieu de lui rendre le trousseau après avoir ouvert la porte, il s'effaça en disant :

— Allez-y, je vous suis.

Cette fois, elle roula des yeux.

— Vous l'aurez voulu - j'habite au cinquième sans ascenseur.

Mais *qui* était hors d'haleine quand ils arrivèrent au dernier étage ? Pas Maks, évidemment.

Essoufflée, Zoe se retourna vers lui et tendit la main.

— Mes clés, s'il vous plaît. Je suis en sécurité, à présent.

— Et s'il y avait un intrus à l'intérieur ? rétorqua-t-il en haussant les sourcils.

— Je suis certaine qu'il n'y a personne.

— Vous n'allez même pas m'offrir un verre d'eau avant que je redescende tous ces étages ?

La lueur malicieuse qui pétillait dans les beaux yeux gris eut raison de la résistance de Zoe.

— D'accord, dit-elle en lui prenant les clés de la main. Comme cela, vous pourrez vous assurer que je suis parfaitement en sécurité chez moi.

Lui tournant le dos, elle ouvrit la porte et appuya sur l'interrupteur. La lumière douce se répandit dans la petite pièce, sur le sofa et son jeté multicolore, les plantes à côté de la fenêtre laissée à l'espagnolette.

Des photos recouvraient tous les murs, ne laissant quasiment aucun espace vide.

Quand elle se retourna vers Maks, Zoe s'attendait à voir une expression horrifiée sur ses traits, mais il s'avança en regardant autour de lui, l'air pas surpris du tout. Et… intéressé.

— Je n'ai pas d'alcool, dit-elle à la hâte. Mais je peux vous offrir du thé ou du café, si vous voulez.

— Je veux bien une tasse de café, merci. Noir, sans sucre.

Zoe se dirigea vers le coin-cuisine, lequel jouxtait la chambre et la salle de bains minuscules, puis prépara le café tout en tournant la tête de temps en temps pour voir ce que faisait Maks. Les mains dans les poches, il regardait les photos accrochées sur les murs.

Le fait de le voir là, chez elle, aurait dû… l'incommoder. Elle aurait dû se sentir envahie. Mais la présence de Maks lui paraissait presque normale. Et, comme dans le cabriolet, elle se sentait en sécurité avec lui.

Elle lui apporta une tasse de café qu'il prit machinalement, la regardant à peine.

— Qui est-ce ? demanda-t-il en désignant une photo.

Il s'agissait du portrait en noir et blanc d'une jeune fille dont le grand sourire faisait presque oublier les cicatrices marbrant son visage.

— C'est Fatima. Une réfugiée syrienne. Je travaille avec l'association « Les yeux dans les yeux ».

Maks se tourna vers elle en plissant le front.

— Elle a été fondée par Ciro Sant'Angelo, n'est-ce pas ? Pour aider les gens ayant des cicatrices ?

Zoe acquiesça d'un hochement de tête.

— Vous le connaissez ?

Ciro Sant'Angelo étant un milliardaire italien, cela n'aurait rien eu d'étonnant.

— Nos chemins se sont croisés, répondit Maks en tournant à nouveau les yeux vers la photo. J'admire ce qu'il fait. Cette photo est magnifique.

— Merci, murmura-t-elle, flattée.

— Si ce n'est pas trop indiscret, d'où viennent vos cicatrices ?

Une grosse boule se nicha dans la gorge de Zoe.

Impossible d'échapper au regard perspicace de Maks, d'esquiver la question. Il ne se contenterait pas d'une vague explication.

— D'un accident de voiture.

— Qui a causé la mort de votre père ?

Elle hocha de nouveau la tête, refoulant ses émotions.

— Ainsi que celle de ma mère et de mon petit frère.

— Quel âge aviez-vous ? demanda-t-il lentement.

— Huit ans, dit-elle d'une voix crispée.

— C'est pour cela que vous étiez tendue en voiture ? Et que vous ne conduisez pas ?

Incapable de prononcer un mot, elle acquiesça à nouveau d'un petit hochement de tête.

— Zoe… Je…, reprit Maks après un silence.

— Pas de problème, l'interrompit-elle, redoutant plus que tout sa pitié. Ne dites rien. C'est arrivé il y a longtemps.

Par ma faute.

Se sentant trop exposée, à tous les niveaux, Zoe lui prit la tasse de la main et la rapporta à la cuisine pour se donner une contenance.

— Comme je vous l'ai dit, je travaille demain matin, poursuivit-elle après être revenue dans l'espace salon.

Elle se dirigea vers la porte et l'ouvrit.

— Merci de m'avoir raccompagnée.

— Vous me mettez dehors, si je comprends bien ? fit-il, pince-sans-rire.

Allait-il refuser de s'en aller ?

Zoe le regarda avec appréhension, alors qu'elle savait très bien qu'elle n'avait rien à craindre de lui.

Maks la dévisagea en silence. Elle était sur le qui-vive, lui faisant de nouveau penser à un faon effarouché, prêt à bondir et à prendre la fuite.

Quand il s'avança vers elle, Zoe resserra les doigts sur la poignée de la porte.

— OK. Je m'en vais… Mais avant de partir, j'aimerais que vous répondiez franchement à une question.

— Laquelle ?

— Vous la sentez aussi, n'est-ce pas ? Cette chose qui… palpite entre nous.

Elle secoua la tête, mais l'adorable roseur colorant ses pommettes la trahit.

— Non, je… Je ne crois pas.

Maks sourit. Cela faisait si longtemps qu'il n'avait pas eu à séduire une femme.

— Menteuse.

Cette fois, elle le dévisagea, perplexe.

— Pourquoi vous intéressez-vous à moi ?

— Pourquoi êtes-vous aussi méfiante ?

— Parce que… je n'ai rien de spécial et je ne recherche pas les compliments.

— Je sais.

— Je suis normale. Banale.

— Vos photos n'ont rien de *normal* ni de *banal*. Vous avez du talent. Et vous êtes belle. Je vous désire, Zoe, plus que je n'avais désiré aucune femme depuis très longtemps.

— Vous êtes très direct, répliqua-t-elle, les joues en feu. On ne vous l'a jamais dit ?

Un souvenir jaillit dans son esprit. Il revit sa mère, le visage déformé par la fureur et lui donnant une gifle phénoménale en éructant : « Je fais ce que je veux ! Cela ne te regarde pas ! Je ne te dois *rien*, tu m'entends ! » Tout cela parce qu'il lui avait dit ouvertement ce qu'il pensait de ses fréquentations.

— Si, une seule et unique fois.

Le cœur de Zoe battait la chamade. Maks venait-il vraiment de dire qu'il la *désirait* ?

C'était trop tentant et trop *dangereux*. Son corps endormi depuis longtemps s'éveillait, réclamait. Autrefois, elle s'était laissée aller et en avait payé le prix fort.

Cependant, Dean Simpson n'avait pas vraiment eu le pouvoir de la blesser. Elle s'en était sortie indemne, finalement. Tandis que Maks… Zoe pressentait qu'il pourrait l'atteindre au plus intime de son être.

Et pourtant, elle se sentait prête à capituler.

Il fallait enrayer le processus. Tout de suite. Prouver à Maks qu'il délirait. Ensuite, il s'en irait et elle l'oublierait complètement.

Comme si l'on pouvait oublier un homme comme lui…

Prise de panique, Zoe fit un pas vers lui.

— Je vais vous prouver qu'il n'y a absolument rien entre nous.

Un éclat argenté brilla dans les yeux gris.

— Allez-y, je vous en prie.

3.

Zoe tressaillit. Il la défiait.

Mais il était trop tard pour reculer. Elle devait aller jusqu'au bout.

Le cœur lui martelant les côtes, elle se rapprocha d'un pas supplémentaire. Maks ne bougea pas. Alors, elle leva les bras et posa les mains sur les larges épaules, puis se haussa sur la pointe des pieds. Il était si grand, si imposant… Zoe sentit tout son propre corps frémir à la proximité du sien.

C'était tout à fait normal, comme réaction. Elle aurait eu la même face à n'importe quel autre homme. Et celui-ci allait vite se rendre compte qu'elle n'éprouvait rien de particulier pour lui.

Agrippée aux solides épaules, Zoe pressa les lèvres sur les siennes.

Dès l'instant où sa bouche se posa sur celle de Maks, ferme et douce à la fois, toute appréhension, toute panique la déserta. Ainsi que l'envie de lui démontrer qu'il se trompait.

Elle demeura immobile, avec l'impression que le temps s'était arrêté. Elle *désirait* qu'il s'arrête, et demeurer ainsi à tout jamais, la bouche soudée à celle de cet homme magnifique et sensuel.

Un soupir franchit ses lèvres tandis que, à regret, Zoe les écartait des siennes. Un soupir résigné, semblable à un aveu. Parce que ces sensations n'auraient pas existé avec un autre homme. Quelque chose de singulier résonnait profondément en elle, faisant écho à ce qui émanait de lui.

Ils n'avaient partagé qu'un semblant de baiser et pourtant, rien ne serait plus jamais comme avant.

Quant à Maks, il l'observait en silence. Se rendant soudain compte qu'elle s'accrochait toujours à lui, elle laissa retomber ses bras et recula si brusquement qu'elle faillit perdre l'équilibre.

Les joues en feu, elle pencha la tête pour se cacher derrière ses cheveux. Elle redoutait plus que tout de voir l'expression de Maks. De lire sur ses traits la confirmation de ce qu'elle avait voulu lui prouver. Qu'il ne pouvait pas la désirer.

En revanche, elle avait échoué à lui montrer *qu'elle* ne le désirait pas.

— Zoe… Je t'entends penser…

Elle redressa la tête. Les yeux gris étincelaient, argentés. La belle bouche sensuelle tremblait.

Mon Dieu, c'était encore pire que ce qu'elle redoutait. Il se moquait d'elle.

Les épaules raides, Zoe se tourna vers la porte et l'ouvrit.

— Je crois que tu ferais mieux de partir maintenant.

Au lieu de sortir, Maks referma la porte de l'appartement. Puis, s'approchant d'elle, il lui repoussa une mèche de cheveux derrière l'oreille. L'air palpita entre eux, lourd.

— Je peux ? demanda-t-il, la main posée sur sa joue.

Le cœur de Zoe battait comme un fou. Il n'était pas parti. Il ne se moquait pas d'elle. Il contemplait sa bouche, l'air fasciné.

Incapable de prononcer un mot, elle hocha la tête.

Lentement, il prit son visage entre les mains, pencha la tête et effleura sa bouche, comme pour la goûter. Zoe retint son souffle, craignant qu'il ne s'interrompe. Leurs souffles se mêlèrent. Maks l'embrassa au coin des lèvres, puis de l'autre côté, à l'endroit d'où partait la cicatrice.

Ses jambes se mirent à trembler. Puis la bouche experte prit possession de la sienne. Complètement. La sensation qui submergea Zoe fut si intense, si extraordinaire, qu'elle ferma les yeux pour mieux la savourer.

La bouche de Maks était ferme et douce, elle réclamait, exigeait une réponse. Zoe la lui donna d'instinct. Comme si elle attendait ce moment depuis toujours. Elle lui ouvrit ses lèvres et frissonna d'excitation en sentant la langue de Maks enlacer la sienne.

Ce n'était pas son premier baiser. Elle avait aimé ceux de Dean. Mais ce qu'elle éprouvait maintenant dépassait tout ce qu'elle avait connu jusque-là. Elle vivait un bouleversement total. Un embrasement de tous les sens.

Le temps ralentit puis s'arrêta pour de bon.

Zoe se pressa contre Maks et lui referma les bras autour du cou. Au même instant, il redressa la tête.

Elle ouvrit les yeux avec effort. Un vertige la saisit. Elle s'aperçut qu'elle était littéralement collée contre lui et qu'il la tenait par la taille pour la soutenir.

Le souffle court, elle laissa retomber ses bras et s'écarta, obligeant Maks à lui lâcher la taille.

— Je crois que l'expérience a été concluante, dit-il.

Les pensées tourbillonnèrent dans sa tête. Zoe se sentait vaincue.

— Pardon ? murmura-t-elle, confuse.

— L'alchimie est bien là. Tu ne vas pas dire le contraire ?

L'alchimie ? Il appelait cela de *l'alchimie* ?

Son propre corps frémissait, vibrait. Elle ne désirait qu'une chose : que Maks se taise et l'embrasse à nouveau.

Il recula d'un pas.

— Où vas-tu ? demanda-t-elle.

— Tu veux que je reste ?

— Je…

Zoe s'interrompit. Elle avait failli répondre *oui*. Avant de se rappeler ce qui était arrivé la dernière fois qu'elle avait laissé un homme s'immiscer dans son intimité.

Toute chaleur, toute excitation la quitta aussitôt.

— Non.

— Je serais parti de toute façon. Même si tu m'avais demandé de rester.

Surprise, elle le dévisagea en silence.

Il est différent, songea-t-elle en retenant son souffle. *Ce qui se passe entre lui et moi est différent.*

— Pourquoi ?

— Parce que je vois bien que tu n'es pas prête. Tu es nerveuse. Tu n'as pas confiance en moi.

Il fallut quelques secondes à Zoe pour assimiler ces paroles. Elle se sentait horriblement exposée. Alors qu'elle s'était juré de ne plus jamais se retrouver dans ce genre de situation.

— Tu te crois très perspicace, n'est-ce pas ? répliqua-t-elle en croisant les bras.

Il sourit.

— Je suis doué pour cerner les gens. C'est un talent que je dois à mes parents égoïstes et autocentrés.

Zoe ne voulait pas le savoir. Elle ne voulait pas penser à ce que lui et sa sœur avaient enduré à cause de leurs parents.

Se détournant, elle rouvrit la porte.

— Donne-moi ton portable, dit Maks dans son dos.

— Pourquoi ? demanda-t-elle en faisant volte-face.

— Parce que ce n'est pas terminé. Mais la balle est dans ton camp, maintenant.

Partagée entre le désir de couper court à cette conversation et la curiosité de savoir ce qu'il comptait faire, elle alla prendre son téléphone dans son sac à dos. Quand elle le tendit à Maks, il entra un numéro et le lui rendit. Mais Zoe résista à l'envie de regarder le petit écran : elle était en effet aussi agacée que séduite par son assurance.

Enfin, Maks franchit le seuil. Loin d'être soulagée, Zoe ressentit immédiatement un grand vide en elle.

— Je suis impatient d'avoir de tes nouvelles, fit-il en s'éloignant dans le couloir.

— Tu risques d'attendre longtemps, répliqua Zoe.

Se retournant, il la regarda un long moment.

— Je suis un homme patient. Et quand tu te décideras, tu me raconteras ce qui t'est arrivé.

Un froid glacial envahit Zoe.

— Adieu, Maks.

Il secoua la tête, un sourire aux lèvres.

— *Ciao*, Zoe.

Puis il disparut dans l'escalier. Immobile sur le seuil, elle entendit bientôt la porte de l'immeuble se refermer, et le puissant véhicule démarrer avant de s'éloigner rapidement dans la rue.

Bouleversée, Zoe se prépara à se coucher en passant en revue tout ce qui était arrivé.

Elle avait perdu son job. Ce n'était pas dramatique puisqu'elle en avait plusieurs, grâce à sa capacité à faire des tas de choses sans s'investir dans aucune. S'investir impliquait en effet un certain degré de vulnérabilité, et le risque d'essuyer un échec. Ou, pire encore, de connaître la souffrance et la perte.

C'était pour cela qu'elle ne voulait pas de Maks dans sa vie. Il était bien trop perspicace et semblait lire en elle. Et puis, elle était bien trop émue en sa présence. Dire qu'elle avait failli lui demander de rester ! Cela avait été instinctif. Viscéral. Alors qu'il n'était qu'un étranger pour elle.

Zoe refoula les souvenirs douloureux. Autrefois, elle avait confondu désir charnel et besoin de confiance. Mais le baiser échangé avec Maks avait balayé toutes ses certitudes, toutes ses résolutions. Avec Dean, elle avait connu un avant-goût du désir, toutefois leur relation était restée insipide. Avec Maks, elle venait de découvrir la passion. Brute, incandescente, incontrôlable. D'instinct, elle avait compris que Maks Marchetti n'était pas homme à se contenter de demi-mesures. Il exigerait sa capitulation totale. Et cela, c'était au-delà de ses forces.

Debout devant le miroir de la minuscule salle de bains, Zoe examina son reflet d'un œil critique. Ses cicatrices n'étaient que des marques superficielles. Elles en dissimulaient d'autres, bien plus profondes.

Maks l'oublierait aussi vite qu'il s'était intéressé à elle. Car elle ne l'appellerait pas. Et comme il ne viendrait jamais frapper à sa porte, elle ne le reverrait plus jamais.

— Qu'est-ce qu'il y a, encore ? demanda sèchement Maks à son assistant sans même se retourner.

Debout devant la fenêtre de son bureau londonien, il voyait la City s'étaler devant ses yeux, la Tamise serpenter entre les célèbres immeubles et passer sous les ponts légendaires. Mais il s'en fichait complètement.

Depuis une semaine, la même question tournait en boucle dans son esprit.

Pourquoi ne m'a-t-elle pas encore appelé, bon sang ?

Zoe Collins. La femme avec laquelle il avait échangé le baiser le plus chaste de sa vie, et qui pourtant avait attisé ce désir impérieux qui le réveillait chaque nuit, le corps brûlant.

— Euh… c'est que vous êtes censé vous trouver à New York et superviser cette séance de photos, en ce moment même…

Maks se retourna vers le jeune homme en haussant les sourcils.

— Et je n'y suis pas, c'est cela ?

Parce qu'il répugnait à quitter Londres au cas où *elle* l'appellerait. Lui qui ne laissait jamais une maîtresse - encore moins une femme qui ne l'était même pas – influencer ses décisions.

L'éventualité que Zoe puisse ne jamais devenir sienne suscita une réaction qui le surprit par son intensité.

Cette éventualité était impensable.

— Ils ont décidé de reporter la séance et de la relocaliser

à Saint-Pétersbourg, pensant que vous pourriez y assister lors de votre séjour.

— Dites-leur que j'y serai.

Et que je serai accompagné.

Peu importaient les moyens qu'il devrait employer, il aurait Zoe Collins à ses côtés. Et dans son lit.

Tandis que les étudiants sortaient de la salle de classe, Zoe entreprit de ranger ses affaires dans son sac. Au lieu de suivre les autres, l'une des jeunes femmes s'approcha d'elle, avant de la prendre dans ses bras.

— Qu'est-ce que j'ai fait pour mériter ça ? fit Zoe avec un sourire.

— Je voulais juste vous remercier. Vous ne savez pas à quel point vous nous aidez. À avancer, à trouver notre chemin dans cette nouvelle vie.

Zoe se sentit rougir d'embarras.

— N'exagérons rien. Si je n'étais pas là, ce serait quelqu'un d'autre.

La jeune femme secoua la tête, l'air sérieux. Trop sérieux. Elle avait vécu des événements atroces. Et perdu toute sa famille.

— Peut-être, mademoiselle Collins. Mais c'est vous qui êtes là et qui nous aidez. Alors, merci.

Le cœur serré, Zoe regarda la jeune femme à l'écharpe rouge sortir de la salle. Venir en aide à ces jeunes immigrés tout juste arrivés en Angleterre lui paraissait naturel. Et les voir prendre de l'assurance était la plus belle des récompenses.

Comme elle s'apprêtait à partir à son tour, son portable vibra, signalant l'arrivée d'un SMS. N'ayant ni proches ni amis, elle n'avait pas l'habitude d'en recevoir, aussi sortit-elle l'appareil de sa poche avec curiosité.

Ça alors…

Bonjour, Zoe.

Les doigts tremblants, elle répondit :

Comment as-tu eu mon numéro ?

La réponse arriva aussitôt :

Je me suis appelé depuis ton portable après y avoir enregistré mon numéro, pour être sûr d'avoir le tien.

Elle contempla l'écran du téléphone, horrifiée et… frémissante d'excitation.

Depuis une semaine, Maks hantait ses pensées. Jour et nuit. Elle avait failli supprimer son numéro à plusieurs reprises, de crainte de succomber à la tentation, mais sans pouvoir s'y résoudre.

Si j'avais envie de te revoir, je t'aurais appelé.

Elle avait à peine envoyé le SMS qu'elle en reçut un autre.

Je suis sûr que tu en as envie.

Zoe sourit malgré elle. Impossible de nier la joie qui pétillait en elle. Et le soulagement, aussi, qu'il ne l'ait pas encore oubliée.

Au fait, je suis devant l'immeuble. Je t'attends.

Son portable manqua lui tomber des mains. Elle leva les yeux, terrifiée à l'idée de le voir soudain apparaître au bout du couloir. Mais non, il n'y avait personne.

Le cœur battant à tout rompre, elle traversa le hall du centre communautaire, se dirigea vers la porte vitrée…

Il était là. Adossé au cabriolet gris métallisé. Cette fois, il portait une tenue plus décontractée : un pantalon noir et un pull gris anthracite près du corps. Inutile d'en tâter la texture pour savoir qu'il s'agissait de cachemire.

— Qu'est-ce que tu fais ici ? demanda Zoe en s'avançant vers lui.

Elle ne lui avait jamais dit où elle travaillait et le trouver là avait de quoi la surprendre.

— J'en ai eu assez d'attendre ton coup de fil alors j'ai pris les devants. Tu avais parlé de cours d'anglais ; cela n'a pas été difficile de trouver l'endroit où l'on en proposait dans ton quartier.

— Tu aurais pu m'appeler, tout simplement.

En réalité, elle était impressionnée qu'il ait pris la peine de se renseigner sur elle.

— Cela aurait été moins amusant, répliqua-t-il avec un haussement d'épaules.

— Ah… Parce que revenir dans l'East End, tu trouves ça amusant ? Tu devrais sortir plus souvent, Maks.

— Tu as peut-être raison ! s'exclama-t-il en riant.

Il se redressa de toute sa hauteur, faisant frémir Zoe. Elle se rappela la sensation de la belle bouche sensuelle sur la sienne… Les ondes de désir qui l'avaient parcourue tout entière…

— Je suis invité au vernissage d'une exposition, ce soir. J'ai pensé que tu aimerais m'y accompagner.

— Quelle exposition ? demanda-t-elle, surprise.

— Les derniers travaux de Taylor Cartwright.

Incrédule, Zoe le dévisagea un moment. Décédé récemment, Taylor Cartwright était l'un des photographes de paysages américains les plus célèbres. Par conséquent, ce vernissage devait être réservé aux *happy few*…

— Veux-tu venir avec moi, Zoe ?

Bien sûr qu'elle voulait assister à cet événement. Pourtant, la perspective de passer la soirée avec Maks lui semblait dangereuse…

— Et après le vernissage ? demanda-t-elle, méfiante.

— Ce sera à toi de décider. Pour ma part, j'aimerais t'emmener dîner, ou boire un verre. Mais je peux aussi te ramener chez toi.

— Je peux très bien rentrer chez moi toute seule, rétorqua-t-elle à la hâte, rosissant au souvenir de leur fabuleux baiser.

— Comme tu voudras.

— D'accord, déclara-t-elle, les pommettes toutes roses. Je t'accompagnerai avec plaisir au vernissage. Merci.

Un sentiment de triomphe envahit Maks. En fait, il était soulagé et sincèrement heureux qu'elle accepte sa proposition. Sans parler du désir plus primaire qui continuait de le consumer.

— Parfait, dit-il brièvement.

Un petit sourire timide apparut sur les lèvres de Zoe.

— Cela te dérangerait si je passais d'abord chez moi pour me changer ? Je serai rapide.

— Pas de problème. On y va ?

À la grande surprise de Maks, Zoe était réapparue cinq minutes après s'être engouffrée dans son immeuble. Lui qui avait l'habitude des créatures apprêtées appréciait le naturel de la jeune femme.

Ils étaient maintenant arrivés à la galerie et Maks s'intéressait davantage à sa compagne qu'aux œuvres. Zoe était vêtue d'un pantalon moulant en cuir noir et d'un T-shirt à manches longues décolleté en V, couleur ivoire, qu'elle portait sous une veste gris foncé. Des vêtements sobres, discrets. Elle souhaitait passer inaperçue, comme le prouvait la façon qu'elle avait de laisser tomber ses longs cheveux blond doré devant son visage.

Le côté garçon manqué de Zoe ne lui déplaisait pas, mais il éveillait en lui le désir de la voir dans un fourreau de soie épousant son corps mince aux courbes ravissantes.

L'air concentré, elle contemplait une photographie grand format du parc national de Yosemite, situé dans les montagnes de la Sierra Nevada, en Californie. De toute évidence, elle ne faisait pas semblant de s'intéresser à ce qu'elle avait devant les yeux. Et, autre nouveauté pour Maks, elle ne restait pas collée à lui…

En écho à ses pensées, sa sœur se tourna vers lui et lui sourit avec malice.

— Elle me plaît déjà, ta nouvelle conquête ! Elle ne se cramponne pas à ton bras comme si elle était incapable de faire un pas toute seule…

— Si je ne m'étais pas immunisé au fil des années, tu réussirais parfois à me blesser, Sasha, répliqua Maks, pince-sans-rire.

Tout en admirant la photo du parc national de Yosemite, Zoe ne pouvait s'empêcher d'observer Maks du coin de l'œil, tandis qu'il parlait à une jeune femme grande et mince. Une émotion désagréable lui étreignait la poitrine. Un réflexe jaloux, possessif. Et complètement ridicule. Ils ne s'étaient embrassés qu'une seule fois ! Si Maks s'intéressait à elle, c'était uniquement parce qu'elle était différente des autres femmes qu'il fréquentait.

Elle redressa les épaules, puis s'avança vers eux. Vêtue d'un chemisier quelconque et d'une jupe longue, comme si elle cherchait à disparaître dans ses vêtements, la jeune femme lui rappelait vaguement quelqu'un, mais Zoe était certaine de ne l'avoir jamais vue auparavant. L'inconnue portait des lunettes et avait de longs cheveux blond foncé tirant sur le châtain, et elle était très belle.

Pourquoi cherchait-elle à dissimuler sa beauté ?

— Je te présente ma sœur, Sasha, dit Maks.

Sa sœur… Soulagée, Zoe lui tendit la main.

— Ravie de faire votre connaissance.

Sasha lui serra la main et sourit. Elle était plus que belle. Elle était magnifique.

— Moi aussi. Je disais justement à mon cher frère…

— … Que tu avais rendez-vous avec un ami, c'est ça ? l'interrompit Maks en haussant les sourcils.

Une lueur malicieuse traversa les yeux gris de sa sœur.

— Non… Mais c'est bon, j'ai compris. Au revoir, Zoe. Et à bientôt, j'espère ? ajouta-t-elle avant de s'éloigner.

— Ce n'était pas la peine de la faire partir, dit Zoe en se tournant vers Maks.

— Oh si ! Elle allait forcément me mettre dans l'embarras, c'est sa mission…

Le cœur de Zoe se serra. Ben aurait eu vingt-trois ans cette année. Se serait-il comporté avec elle comme Sasha avec son frère aîné ?

— On s'en va ? demanda Maks en l'observant avec attention.

— Je te suis. Et merci encore de m'avoir proposé de t'accompagner. J'ai beaucoup aimé cette expo.

Elle ne précisa pas que Taylor Cartwright avait été autrefois le mentor de son père, à l'époque où, jeune homme, il voyageait à travers l'Amérique du Nord et prenait ses premières photographies.

Dehors, l'air s'était nettement rafraîchi. Cela sentait l'automne…

— Tu as froid ? fit Maks quand elle remonta son col de veste en frissonnant.

— Non, pas du tout.

— Alors, je peux t'emmener dîner ? Je connais un endroit à quelques rues d'ici.

Après l'avoir vu avec sa sœur, Zoe se sentait particulièrement vulnérable et n'avait aucune envie de se retrouver seule chez elle.

— D'accord.

Mon Dieu, quand il souriait ainsi… Son visage s'en trouvait métamorphosé. De beau, il devenait… sublime.

Sans cesser de sourire, il lui prit la main et l'entraîna vers le cabriolet. Et une fois encore, Zoe se sentit en sécurité en voiture au lieu d'éprouver de l'angoisse.

Dix minutes plus tard, il s'engageait dans une rue calme bordée de somptueuses demeures.

— Où sommes-nous ? demanda-t-elle, intriguée.

— À Mayfair.

Peu après, il se garait devant une élégante maison de brique rouge, aux grandes fenêtres encadrées de noir, et de laquelle émanait un mélange de sobriété et de luxe.

Un autre club privé… ?

— Bienvenue dans ma résidence londonienne, Zoe.

Elle le regarda, choquée.

— Tu aurais pu me demander mon avis, non ?

— Mes intentions sont parfaitement honorables, je te le jure. Toutefois, si venir chez moi te pose problème, je peux te conduire où tu voudras.

Pour appuyer ses propos, il avait posé la main sur son cœur en un geste théâtral, mais Zoe ne fut pas dupe. Ses intentions étaient aussi douteuses que les émotions qui se bousculaient en elle.

Troublée, elle détacha sa ceinture tandis qu'il descendait de voiture pour lui ouvrir sa portière. En fait, elle était très curieuse de découvrir l'endroit où il vivait, songea-t-elle en le suivant.

La porte s'ouvrit comme par magie au moment où Maks s'en approchait, sur un Asiatique d'une cinquantaine d'années, en pantalon noir et tunique à col mao et longues manches, noire elle aussi.

— Je te présente Zoe Collins, Hamish.

Avec un sourire, l'homme tendit la main à Zoe.

— Vous vous demandez sans doute comment j'ai pu hériter d'un tel prénom ? Je suis né et j'ai grandi en Écosse, où mes parents se sont installés après avoir quitté le Vietnam. Je suis le majordome de Maks. Entrez, je vous en prie.

Charmée par les manières du prénommé Hamish et par son doux accent écossais, elle lui serra la main.

— Enchantée de faire votre connaissance, Hamish.

Lentement, Zoe s'avança dans le hall pavé de marbre clair et dont la décoration raffinée déclinait des tons gris et beiges.

— Je m'occupe de la voiture, patron, dit Hamish. Le dîner sera prêt dans vingt minutes environ, d'après Angie.

— Merci, Hamish.

Ils traversèrent le hall et Maks la fit entrer dans une pièce aussi splendide que chaleureuse.

— Tu veux boire quelque chose ? dit-il en se dirigeant vers un ravissant bar en noyer.

— Je prendrais bien un verre de vin blanc, si tu en as.

Il revint bientôt vers elle avec un verre de vin blanc frais dans une main, un verre de whisky dans l'autre.

— À la tienne, dit-il en souriant.

— À la tienne, répéta Zoe avant de porter son verre à ses lèvres.

Le vin était délicieux, et juste à la bonne température.

— Assieds-toi, je t'en prie.

Elle avisa les deux sofas et les fauteuils assortis, les tables basses, véritables œuvres d'art contemporaines, grâce à l'association de plateaux de verre et de supports en bois exotique.

Optant pour un fauteuil, Zoe s'y installa, tandis que Maks prenait place sur le sofa le plus proche d'elle. Il posa le bras sur le dossier, l'air parfaitement détendu, mais vibrant d'une énergie qui semblait se propager dans tout l'espace.

— Tu as une belle maison, déclara-t-elle.

Il embrassa la pièce du regard.

— Tu ne t'attendais sans doute pas à cela.

De nouveau, elle fut frappée par sa perspicacité.

— Suis-je aussi transparente ?

— C'est rafraîchissant. Je suis entouré de gens qui font tout pour dissimuler leurs émotions.

Zoe hocha la tête.

— Je dois reconnaître que je m'attendais à quelque chose de moins... sobre. À un appartement avec terrasse, peut-être.

— Ça, c'est plutôt le style de mon frère Sharif. Il aime s'élever au-dessus du commun des mortels, le plus haut possible dans le ciel.

Elle but une gorgée de vin puis demanda :

— À quoi ressemble-t-il ?

— Il est... déterminé.

— Et ton autre frère... Nikos ?

— Il vivait comme un nomade, dans les divers appartements qu'il possède dans nos hôtels. Mais depuis qu'il est marié, il s'est calmé. Une épouse et un bébé, cela ne colle pas vraiment avec une vie itinérante.

Le mariage. Un enfant. Une *famille*. Zoe tressaillit. C'était sa pire crainte. Son rêve le plus secret. Elle s'interdit d'y penser. Elle s'était juré de ne plus jamais prendre le risque de subir une telle perte, une telle souffrance. En dépit du désir ardent qui la tenaillait par moments.

— Et toi ? demanda Maks en faisant tourner le liquide ambré dans son verre. Dans quel genre de maison aimerais-tu vivre ?

Un souvenir l'assaillit. Celui d'une maison... à Dublin. Sur la côte, surplombant la mer d'Irlande. Entourée d'une immense pelouse verte. Une grande maison de pierre blonde avec des fenêtres s'ouvrant comme des yeux émerveillés. Des plates-bandes de fleurs multicolores. Un chien au poil hirsute.

Sa mère, debout en haut des marches et les appelant : « Allez, vous deux. Il est temps de partir... »

Et son père, la soulevant dans ses bras si haut qu'elle en perdait le souffle, puis la laissant redescendre et la serrant contre lui...

À l'époque, elle se sentait tellement en sécurité. Tellement aimée. Tellement heureuse.

— Zoe ? Tu vas bien ?

Arrachée à ses souvenirs, Zoe s'aperçut que Maks s'était penché vers elle.

— Tu es livide, fit-il, l'air inquiet.

— Excuse-moi. Ce n'est rien. Je…

De quoi parlions-nous, au juste ? Ah oui…

— Je ne sais pas où j'aimerais vivre, reprit-elle avec un sourire forcé. Je n'y ai jamais vraiment réfléchi. Je suis heureuse là où j'habite.

Maks fut soulagé de voir Zoe reprendre des couleurs. Un peu plus tôt, il avait cru qu'elle allait s'évanouir. Elle paraissait… dévastée.

On frappa discrètement à la porte. C'était Hamish.

— Le dîner est prêt. Quand vous voudrez, patron.

En même temps que lui, Zoe se leva avec sa grâce naturelle. Comme elle suivait Hamish, il remarqua la sensualité qui empreignait le moindre de ses mouvements. Était-ce vraiment inconscient chez elle ?

Qu'elle joue la comédie ou pas, le désir qu'il éprouvait pour elle était réel. Quoi qu'il en soit, elle perdrait tout son charme et son aura de mystère dès qu'il l'aurait possédée.

4.

— On prend le café au salon ? proposa Maks.

— Avec plaisir, répondit Zoe en se levant.

Le dîner avait été très agréable. *Trop* agréable. Ils avaient bavardé tranquillement, abordant tour à tour l'histoire de l'Irlande, la politique, le dernier Marvel - ils étaient tous les deux adeptes des films de la série. Quant aux mets préparés et servis par Angie, la cuisinière, ils s'étaient révélés exquis.

En dépit de l'atmosphère amicale régnant entre elle et Maks, Zoe gardait un sentiment de malaise. D'un côté, elle ne pouvait oublier ce qui lui était arrivé quand elle avait accordé sa confiance à celui qu'elle connaissait depuis l'adolescence. De l'autre, elle sentait d'instinct qu'elle pouvait se fier à Maks. Il ne lui ferait pas de mal. Pas physiquement, du moins.

Dean l'avait agressée et trahie, mais elle n'en avait pas gardé de séquelles émotionnelles profondes. Le risque qu'elle prenait en s'attachant à Maks serait d'une tout autre nature.

— À quoi penses-tu ?

Debout devant la bibliothèque à regarder les livres alignés sur les rayonnages, Zoe se retourna vers lui, sa tasse à la main. Il s'était assis sur le même sofa que tout à l'heure et sirotait son café, l'air aussi décontracté que somptueux.

Elle s'installa sur l'autre sofa, séparé du sien par une petite table basse. Ses yeux gris brillèrent du bel éclat argenté, comme s'il savait que sa proximité la rendait nerveuse.

Parce qu'elle était hypersensible à son charme viril et sensuel. Mais aussi parce qu'elle avait peur de lui.

Sans détacher le regard du sien, il posa sa tasse sur la table, avant de venir s'asseoir à côté d'elle.

Le cœur de Zoe se mit à battre à un rythme sauvage.

Il fallait qu'elle dise quelque chose. Mais elle n'arrivait pas à se concentrer. Elle ne se souvenait même plus de ce qui la tracassait. Maks était tout près d'elle. Zoe sentait sa chaleur se propager en elle. Tout son corps réclamait le sien.

Qu'attendait-il ? Pourquoi ne prenait-il pas l'initiative ?

Maks secoua la tête tandis qu'un petit sourire jouait sur ses lèvres.

— À toi de jouer, Zoe. Si tu me veux, tu n'as qu'à me le montrer. Ce n'est pas compliqué. Tu réfléchis trop, je t'entends d'ici.

Elle eut envie de hurler. Elle ne *pouvait pas*. C'était impossible.

En totale contradiction avec cette certitude, Zoe posa sa tasse sur la table basse et tourna la tête vers Maks.

À présent, son corps ne réclamait plus. Il *exigeait*.

Fixant la belle bouche, elle se souvint de sa douceur et de sa fermeté. Elle tendit la main et l'effleura du bout des doigts, en suivit le contour…

Maks n'en pouvait plus d'attendre. Il brûlait d'écarter la main de Zoe et de l'attirer contre lui jusqu'à ce que leurs corps ne fassent plus qu'un. Jusqu'à ce qu'il se noie dans sa douceur. Mais il se retint. Quelque chose lui disait que la réticence de Zoe n'était pas feinte.

Était-il possible qu'elle soit… La question s'évapora aussi vite qu'elle avait surgi. Parce que Zoe s'était rapprochée de lui et effleurait ses lèvres avec les siennes.

La bouche de Maks était toujours aussi ferme. Mais elle restait… inerte.

Le cœur de Zoe battait si fort qu'il devait l'entendre. Son esprit se dissolvait. Son corps fondait. Elle se pressa encore davantage contre le torse musclé et chaud, ouvrit les lèvres et caressa celles de Maks du bout de la langue.

Soudain, il la prit par les bras, la souleva, puis l'allongea sur lui.

Zoe redressa la tête, gênée par ses cheveux qui tombaient autour de son visage. Pour une fois, elle eut envie de les repousser en arrière afin de pouvoir contempler Maks. Il le fit à sa place et les lui glissa derrière les oreilles, avec une tendresse inattendue. Ensuite, il entoura son visage de ses grandes mains chaudes et l'attira vers le sien. Et cette fois, ce fut lui qui prit le contrôle du baiser.

Lorsque, tout en dévorant sa bouche, il écarta les jambes, Zoe se retrouva prisonnière entre les cuisses musclées et sentit le relief de la puissante érection contre son ventre.

La langue experte se fit plus douce, plus câline, comme pour l'encourager à se montrer plus audacieuse. À se servir de lui. Elle glissa les doigts dans les cheveux courts et entreprit d'explorer la bouche experte. Jamais elle n'avait embrassé ainsi. Avec cette passion. Cette soif.

Seigneur, elle le tuait avec ses petits baisers innocents… Zoe lui offrait les prémices les plus chastes que Maks ait jamais connues. Ou bien il avait affaire à une séductrice née sachant exactement ce qu'elle faisait, et elle se moquait de lui, de sa retenue, ou bien elle était une novice.

Quoi qu'il en soit, ses baisers maladroits le mettaient au supplice. Jamais il n'avait frôlé d'aussi près la jouissance alors qu'il était encore tout habillé.

La serrant dans ses bras, Maks la fit glisser sous lui,

tandis qu'elle l'observait les yeux grands ouverts, les joues roses, la bouche pulpeuse et humide.

Quand il lui passa une cuisse entre les jambes, les yeux couleur d'aigue-marine s'assombrirent. Il reprit sa bouche comme elle refermait les mains sur sa nuque. Il suivit l'ourlet du T-shirt, glissa les doigts dessous et caressa la peau soyeuse, avant de remonter lentement jusqu'au sein recouvert de dentelle. Petit mais parfait. Charnu.

Il pinça le mamelon durci entre ses doigts. Zoe haletait contre sa bouche, exacerbant le désir qui rugissait en lui.

Tout en lui mordillant doucement la lèvre, Maks repoussa le soutien-gorge en dentelle et caressa le sein moelleux. Le petit mamelon dressé était rose framboise. Incapable de résister, il l'explora avec sa langue, se délectant de son goût suave.

Le plaisir montait inexorablement, emportant Zoe dans un tourbillon de sensations toujours plus enivrantes. La bouche de Maks cajolait son sein, le titillait, le léchait.

Tout en continuant sa torture exquise, il dénuda l'autre sein et les prit tous les deux dans ses mains avant d'en aspirer tour à tour le mamelon entre ses lèvres. En même temps, il remuait la jambe entre les cuisses de Zoe. Comme s'il savait ce qu'elle désirait le plus à cet instant.

Zoe perdait le contrôle. Tout allait trop vite. Elle avait beau se répéter que ce qui se passait était différent de ce qu'elle avait vécu autrefois, elle se sentit soudain prise au piège et eut l'impression d'étouffer.

Elle posa les mains sur le torse de Maks et le repoussa, mais sans effet. Paniquée, elle appuya de toutes ses forces.

— *Cosa c'è* ? demanda-t-il en écartant le visage de son sein.

— Je ne peux pas… Je n'arrive plus à respirer…

Il se redressa brusquement et se rassit à côté d'elle.

— Que se passe-t-il ? fit-il, en anglais, cette fois.

Zoe secoua la tête. La panique se retirait déjà, elle se ridiculisait. Maks n'était pas Dean.

— Je... Excuse-moi. Tout allait si vite... J'ai eu l'impression d'être prise au piège.

Elle se rajusta à la hâte. Les vêtements de Maks étaient chiffonnés, mais au moins lui était habillé.

Se levant, il s'avança vers le bar avant de revenir avec deux verres contenant un liquide brun foncé. Il lui en tendit un.

— Tiens, bois. Cela te fera du bien.

Lentement, Zoe but une gorgée. La boisson lui faisait du bien, en effet. Elle la réchauffait de l'intérieur.

— Que s'est-il passé ? demanda Maks en se rasseyant à côté d'elle.

Mais pas trop près, ce dont elle lui fut reconnaissante.

— As-tu cru que j'allais... te prendre de force ?

— Non ! se récria Zoe. Pas du tout.

Elle posa son verre et se leva afin de se rapprocher de la fenêtre. Son visage se reflétait dans la vitre. Dehors, il faisait nuit. Elle devait des explications à Maks.

— Quelqu'un m'a agressée, dit-elle en se retournant vers lui. Mon ex-petit ami. J'avais confiance en lui et il...

— Il t'a violée ? l'interrompit Maks en bondissant du sofa.

Il avait brusquement les traits tendus, le teint pâle sous son hâle.

— Non, mais il a failli. J'ai réussi à l'arrêter, et à le faire sortir de chez moi.

Au souvenir de cette horrible soirée, Zoe frémit. La vérité lui faisait encore mal. Si Dean avait cherché à la revoir, c'était uniquement dans l'idée de coucher avec elle.

— Qui était-ce ? demanda Maks d'une voix dure.

— Quelqu'un que j'avais connu autrefois. Peu importe. Il est loin, maintenant. Il a quitté le Royaume-Uni.

Maks avait du mal à encaisser le choc. Zoe paraissait si vulnérable, debout devant la fenêtre, les bras refermés autour de son buste. La pensée qu'un salaud ait tenté de la violer lui donnait la nausée. Elle était si menue… Il aurait aimé aller vers elle, la prendre dans ses bras, mais il pressentait qu'elle n'apprécierait pas son geste. Il était trop tôt.

— Comme tu l'as peut-être deviné, je n'ai pas beaucoup d'expérience. En fait, je n'en ai aucune.

Il fronça les sourcils.

— Tu veux dire que tu es… ?

— Oui, je suis vierge, dit-elle précipitamment.

Ainsi, son instinct ne l'avait pas trompé. Un sentiment d'exultation envahit Maks. Une réaction purement mâle, primaire.

— Maintenant que tu le sais, je suppose que tout va changer.

— Changer… ? Que veux-tu dire ?

Elle resserra les bras autour de son buste.

— Tu… Tu dois me trouver moins attirante, maintenant.

— Ah ? Et qu'est-ce qui te fait croire cela ?

— Tu as de l'expérience, pas moi. La plupart des hommes…

— Je ne suis pas la plupart des hommes.

Il ne supportait pas d'être mis dans le même sac que son ex. Ce salaud.

— Qu'est-ce que tu en penses, alors ? murmura-t-elle.

Bonne question. Qu'en pensait-il ? Souhaitait-il être le premier amant de cette femme et risquer les complications émotionnelles qui s'ensuivraient probablement ?

Le désir lui obscurcissait l'esprit. Il fallait rester prudent. D'ordinaire, Maks fuyait ce genre de situation. Par conséquent, il se devait d'être franc avec Zoe. Afin qu'elle sache à quoi s'en tenir.

— Ta virginité n'ôte rien à l'attirance que je ressens pour toi.

C'était même le contraire. La perspective d'être le

premier à voir Zoe succomber à la passion produisait un effet dévastateur sur sa libido.

— Mais les relations à long terme ne m'intéressent pas, poursuivit-il en choisissant ses mots avec soin. Ni les soi-disant histoires d'amour. Après avoir été témoin de la relation catastrophique de mes parents, je n'ai aucun désir de reproduire ce scénario toxique qu'est pour moi le mariage. Je tiens à ce que tu le saches.

Elle le regarda un long moment en silence, les traits indéchiffrables. Ce qui irrita Maks. Il la croyait transparente.

— Le mariage est bien le dernier de mes souhaits, crois-moi, dit-elle enfin.

De toute évidence, elle était sincère. Il le comprit à l'accent de sa voix.

— J'aimerais m'en aller, maintenant, enchaîna Zoe.

Autrement dit, elle le rejetait. L'espace d'un instant, il ne supporta pas l'idée de la voir partir.

— Bien sûr, acquiesça-t-il néanmoins d'un ton détaché. Mais je ne suis pas en état de te raccompagner chez toi. Hamish va te reconduire.

Zoe fut soulagée qu'il la laisse partir aussi facilement, sans protester. Soulagée… et déçue. Elle venait de s'humilier de façon spectaculaire en avouant qu'elle avait failli se faire violer, puis qu'elle était vierge. Et Maks n'avait pas réagi comme elle s'y était attendue.

Décidément, il ne cessait de la surprendre.

En revanche, il avait dit qu'il se sentait incapable de la raccompagner. En d'autres termes, il en avait assez. Les relations à long terme ne l'intéressaient pas et il craignait sans doute que, étant vierge, elle s'accroche à lui. Même si elle avait affirmé que ce n'était vraiment pas son intention.

Au moment où Zoe allait répliquer qu'elle pouvait très

bien prendre le bus, Hamish apparut comme par magie et s'arrêta sur le seuil en enfilant une veste matelassée.

— Cela ne me pose aucun problème de vous raccompagner, Zoe.

Sans doute avait-il l'habitude, songea-t-elle en le suivant.

Elle se retourna une dernière fois.

— Merci pour cette agréable soirée, dit-elle avec un sourire forcé à Maks. J'ai été ravie de faire la connaissance de ta sœur, elle est charmante.

— Tu lui as plu aussi. Bonne nuit, Zoe.

Une fois rentrée chez elle, Zoe s'installa sur son lit avec son ordinateur portable. Elle se sentait abattue. Elle entra son mot de passe, et fit ce qu'elle s'était interdit jusqu'à présent.

Elle lança une recherche sur Maks Marchetti.

Comme elle aurait dû s'y attendre, on ne trouvait pas grand-chose sur lui en ligne. Quelques photos, en compagnie de femmes superbes, naturellement. Mais aucune révélation sur sa vie intime, aucun détail salace, alors qu'il était question d'une histoire récente impliquant son frère aîné, Sharif.

Zoe vit des photos de Nikos avec son épouse. Une grande femme à la chevelure flamboyante… Celle avec qui Maks bavardait lors de la fameuse soirée où elle l'avait rencontré pour la deuxième fois.

Il y avait aussi des photos plus anciennes, de ses parents. Son père était grand et sombre, très viril. Sa mère était grande elle aussi, et très très belle. Blonde aux yeux gris. Les yeux de Maks.

Ensuite, Zoe découvrit une quantité incroyable de photos de Maks et Sasha enfants puis adolescents. Sortant d'une villa somptueuse à Rome. Allant à l'école entourés de gardes du corps. Sur une piste de ski. Il n'avait pas menti : les paparazzis ne leur avaient laissé aucun répit.

Une photo retint son attention. Maks y figurait en caleçon

de bain, sur une plage. Il devait avoir dans les seize ans, et son corps n'était encore que la promesse de l'homme athlétique et magnifique qu'il allait devenir. Le visage crispé de colère, il tendait la paume vers celui ou celle qui prenait la photo. Une fille se tenait derrière lui, Sasha, l'air paniqué, en maillot de bain une pièce, toute en jambes et se protégeant le visage avec les mains.

Pas étonnant que Maks haïsse autant les photographes, et qu'il protège aussi farouchement sa vie privée.

Refermant son ordinateur et le posant par terre, Zoe s'allongea sur le lit. Alors que Maks l'avait introduite chez lui, elle l'avait repoussé, rejeté.

Bien sûr, il était trop poli pour lui en faire le reproche. Mais elle ne le reverrait probablement jamais, et cette pensée lui était insupportable.

Tout à coup, Zoe comprit qu'elle s'était refusée à regarder la vérité en face concernant Dean Simpson. Elle s'était convaincue qu'elle le désirait alors qu'il ne s'agissait que de solitude et de faiblesse. Elle avait accepté de le fréquenter parce que, inconsciemment, elle savait qu'il ne l'affecterait pas vraiment.

Rien à voir avec Maks. Cet homme avait le pouvoir de la bouleverser. Par conséquent, elle avait eu raison de partir avant de céder au désir qu'elle éprouvait pour lui. Au souvenir des sensations ressenties entre ses bras musclés, une douce chaleur l'envahit tout entière. Lorsque la bouche de Maks avait goûté ses seins, elle avait éprouvé un plaisir inouï mais aussi des émotions plus intimes, plus profondes. Le besoin instinctif de s'ouvrir à lui, de s'abandonner à lui. Corps et âme.

Zoe se glissa sous la couette, s'efforçant d'ignorer le sentiment de perte qui la lancinait. Elle se répéta encore et encore que c'était mieux ainsi, puis finit par s'endormir.

Le lendemain matin, Zoe fut réveillée par son téléphone portable qui vibrait sur la table de nuit. Se redressant, elle tressaillit en voyant que Maks l'avait appelée une bonne dizaine de fois et lui avait envoyé trois SMS.

Je suis en bas. Ouvre-moi.

Zoe ? Tu es là ?

Zoe, si tu ne m'ouvres pas d'ici dix minutes, j'appelle la police.

Les mains tremblantes, elle appuya sur « Appeler » et porta l'appareil à son oreille.

— Je suis là, Maks…

— OK. J'ai du café et des croissants.

— Qu'est-ce que tu fais ici ? Je croyais que tu…

— On peut en discuter en buvant le café ? Il pleut, je te signale. Je vais bientôt être trempé.

En effet, il tombait des cordes, constata Zoe en tournant les yeux vers la fenêtre. Elle se leva, puis alla actionner l'ouverture de la porte de l'immeuble.

Une minute plus tard, Maks se tenait sur le seuil de l'appartement. Immense. Athlétique. Et trempé.

Les effluves familiers lui caressèrent les narines. Épicés et musqués. Racés. Elle ne rêvait pas : il était là. Alors que, quelques heures plus tôt, elle l'avait cru pressé de se débarrasser d'elle.

— Je peux entrer ?

Zoe recula pour le laisser passer. Il tenait dans une main deux gobelets de café dont se dégageait un arôme puissant, et dans l'autre un sachet en papier blanc.

— Je vais te chercher une serviette, dit-elle en refermant la porte.

Elle se dirigea vers l'unique placard et en sortit une serviette en éponge qu'elle tendit à Maks.

— Merci, fit-il en posant gobelets et sachet sur la table.

Puis il ôta sa veste et se frotta énergiquement la tête, les muscles jouant sous le fin jersey. Dans ce jean délavé et ce pull léger à longues manches, il avait l'air décontracté et follement sexy.

Zoe se rendit alors compte qu'elle-même portait un vieux pantalon de pyjama et un simple débardeur…

— Je vais me changer.

— Hé, prends ça avec toi, répliqua Maks en lui tendant l'un des deux gobelets.

Elle s'en empara et s'enfuit. Une fois dans sa chambre, elle s'assit sur son lit en s'efforçant de calmer les battements désordonnés de son cœur, puis but une gorgée de café, tout en espérant que cela l'aiderait à se ressaisir. En vain.

Après avoir pris une douche rapide, Zoe enfila un jean et un long T-shirt à manches trois-quarts.

Quand elle regagna le salon, Maks tenait la photo de sa famille à la main.

Zoe se raidit, de la tête aux pieds.

— C'est toi et ta famille ?

Elle hocha la tête en silence ; Maks reposa le cadre sur l'étagère.

— Qu'est-il arrivé après l'accident ? Qui t'a élevée ?

— Je suis allée dans une famille d'accueil, répondit Zoe d'un ton neutre. Mes parents n'avaient ni frères ni sœurs et mes grands-parents étaient tous décédés. Il y avait bien une grand-tante du côté de mon père, mais elle n'a pas voulu me prendre chez elle.

— Cela a dû être dur pour toi.

— À vrai dire, je ne me souviens pas de grand-chose concernant cette période, répliqua-t-elle avec un haussement d'épaules. J'ai eu de la chance - je n'ai fait que deux familles d'accueil et c'étaient des gens charmants. Je connais des enfants qui sont passés de famille en famille et qui ont vécu des mauvaises expériences.

Comme Dean, par exemple.

— Pourquoi es-tu venu, Maks ? Hier soir, j'ai cru… J'ai cru que je ne te reverrais jamais.

— Pourquoi ? fit-il en fronçant les sourcils.

— Parce que je suis vierge, répondit Zoe, les joues en feu.

— Je t'ai dit que je m'en fichais. J'ai pensé que tu avais besoin d'espace après ce que tu m'avais raconté, et je ne voulais pas te mettre la pression.

Il s'avança vers elle.

— Je te désire, Zoe. Cela n'a pas changé. Et comme je te l'ai dit aussi, les liaisons à long terme, ce n'est pas mon truc. Mais si tu ne veux pas explorer ce que nous ressentons l'un pour l'autre, dis-le-moi et je m'en irai tout de suite.

Une foule d'émotions contradictoires se succédèrent en elle, mais Zoe refusa de les analyser. Parce qu'elle ne pouvait ni ne voulait lutter contre le désir qui pulsait en elle, dans les endroits les plus secrets de son corps.

— Je ne veux pas que tu t'en ailles, dit-elle en rivant son regard à celui de Maks.

Un sentiment de triomphe envahit Maks mais il n'en laissa rien paraître.

— Je dois aller passer quelques jours à Saint-Pétersbourg pour affaires. Viens avec moi.

— À Saint-Pétersbourg ? répéta-t-elle, l'air abasourdi. En Russie ?

— Oui, en Russie, répliqua-t-il en retenant un sourire.

— Mais je ne peux pas… partir comme ça…

— Tu n'as pas de passeport ?

— Si, mais…

— Qu'est-ce que tu as comme engagements, la semaine prochaine ?

Elle haussa les épaules.

— Je dois chercher du travail.

Quel délice ! Une femme qui ne sautait pas sur l'occasion de passer quelques jours avec lui… À ses frais…

— Raison de plus pour m'accompagner. Je te dois bien cela puisque c'est à cause de moi que tu as perdu ton job.

— J'ai d'autres engagements, répliqua-t-elle, un peu radoucie. Je m'occupe du fils d'une voisine deux jours par semaine et je travaille pour une société de ménage de bureaux.

— Je peux trouver quelqu'un qui s'occupera du fils de ta voisine. Quant à ta société de ménage, tu as vraiment besoin de travailler pour eux, Zoe ? Tu es jeune, belle et talentueuse, tu pourrais avoir le monde à tes pieds, si tu voulais.

— Je ne travaille pas pour eux la semaine prochaine, avoua-t-elle en rosissant. Mais je ne partirai pas avec toi tant que je ne serai pas certaine que tu as trouvé quelqu'un pour garder le fils de Sally à ma place. Je ne peux pas la laisser tomber.

— Encore un peu de champagne, mademoiselle Collins ?

— Non, merci, répondit Zoe au jeune steward.

Ses pensées étaient déjà bien assez confuses. Maks avait résolu tous ses problèmes avec une facilité et une rapidité déconcertantes. Après avoir trouvé un jeune baby-sitter compétent, et fort sympathique, pour s'occuper du fils de Sally, il l'avait littéralement enlevée, lui laissant à peine le temps de prendre sa petite valise.

Une demi-heure plus tard, ils arrivaient dans un aéroport privé où les attendait un jet privé gris argenté, lequel survolait maintenant la Pologne.

Installé de l'autre côté de l'allée, ses longues jambes étendues devant lui, Maks passait des coups de fil depuis son smartphone tout en travaillant sur son ordinateur portable. Il s'était excusé avant de monter à bord, expliquant qu'il avait du travail en retard et recommandant à Zoe de s'installer confortablement, et de s'adresser au personnel navigant si elle avait besoin de quoi que ce soit.

Comment se sentir à l'aise à proximité de cet homme superbe ? Sans compter que le champagne ne l'aidait pas à reprendre ses esprits.

Dans quoi s'était-elle embarquée, au juste ? Dans une aventure passagère avec Maks Marchetti ? En acceptant de partir avec lui, avait-elle donné son accord implicite pour devenir sa maîtresse ? S'attendait-il à ce qu'elle le remercie en nature ?

Non, impossible. Maks était trop raffiné. Trop fier. Comme il le lui avait dit dès le début, elle l'attirait parce qu'elle l'intriguait. Et cette attirance s'émousserait vite une fois qu'il aurait passé un peu plus de temps avec elle.

Et couché avec elle.

La chaleur désormais familière palpita entre ses cuisses…

— À quoi penses-tu ? Tu as un petit air… coupable.

Zoe tourna vivement la tête vers Maks. Elle ne s'était pas aperçue qu'il avait reposé son smartphone et repoussé son ordinateur. Maintenant, elle se sentait effectivement coupable. Ce qui était ridicule.

— Je ne pense à rien de spécial.

La chaleur frémit, la forçant à serrer les cuisses. Maks baissa les yeux une fraction de seconde, avant de la regarder de nouveau dans les yeux. Mon Dieu, cette propension à lire en elle était suprêmement agaçante !

— Qu'est-ce que tu vas faire à Saint-Pétersbourg, exactement ? demanda-t-elle en haussant les sourcils.

— Nous avons des bureaux à Moscou, mais nous nous intéressons actuellement à un potentiel inexploité de jeunes créateurs, dont un bon nombre est basé à Saint-Pétersbourg. Nous aimerions développer ce secteur et faire de cette ville un nouveau pôle de la mode.

— Ta mère est originaire de quelle région ?

— Elle est née à Saint-Pétersbourg mais après la mort

de sa mère, elle a déménagé à Moscou avec son père et la nouvelle épouse de celui-ci.

— Elle est très belle, dit Zoe, repensant aux photos vues sur Internet.

— Sa vie entière tourne autour de son physique, répliqua Maks d'un ton détaché. Pour elle, il constitue un moyen d'échange, au même titre que l'argent.

— Ta sœur aussi est belle.

Il plissa les paupières.

— Oui, mais tu as dû remarquer qu'elle s'acharne à dissimuler sa beauté ?

Zoe hocha la tête.

— Notre mère ne pouvait supporter de voir sa propre beauté éclipsée par celle de sa fille, alors elle a tout fait pour saper l'assurance de Sasha. C'est probablement le pire de ses crimes.

— Ta sœur te surprendra peut-être un jour en sortant de l'ombre. Quand elle y sera prête.

— Oui, peut-être, acquiesça lentement Maks.

Zoe ne s'y trompa pas. Ce n'était pas à sa sœur qu'il pensait à cet instant, mais à elle.

5.

Un peu intimidée, Zoe explora les différentes pièces de sa suite luxueuse. À leur arrivée au Grand Central Hotel, situé en plein cœur de Saint-Pétersbourg, Maks et elle avaient été accueillis avec chaleur et déférence par le directeur, et elle avait vite compris qu'elle disposerait de sa propre chambre. Zoe en avait ressenti du soulagement, bien qu'à sa grande honte elle s'était attendue à partager celle de son hôte avec une certaine excitation.

La suite de Maks jouxtait néanmoins la sienne. Par conséquent, une simple porte les séparait.

À côté de la salle de bains pavée de marbre et toute en nuances de blanc ivoire et doré, elle découvrit un immense dressing, vide, et au milieu duquel sa petite valise avait l'air franchement pathétique.

En fait, cela reflétait tout à fait sa situation. Dans cette suite raffinée et luxueuse, Zoe était complètement déplacée. D'autant qu'elle n'avait pas la moindre idée de l'attitude à adopter en tant que « compagne » d'un riche homme d'affaires.

La sonnette tintinnabula, produisant un son clair et mélodieux. En ouvrant la porte, elle découvrit Maks, l'épaule appuyée au chambranle.

— Tes appartements te plaisent ?

— Ils me conviennent, ma foi, dit-elle avec une nonchalance qu'elle était loin d'éprouver.

Espérait-elle vraiment le convaincre qu'elle se sentait

comme chez elle dans cette suite somptueuse, alors que son petit appartement londonien aurait tenu *en entier* dans une seule de ces pièces ?

Maks sourit. Il n'était pas dupe, naturellement.

— Parfait. Si tu as besoin de quoi que ce soit d'autre qui te… convienne, fais-le-moi savoir.

Il jeta un coup d'œil à sa montre et poursuivit :

— Je suis invité à quelques événements mondains durant mon séjour. J'aimerais que tu m'y accompagnes.

— Quel genre d'événements ? demanda Zoe, méfiante.

— Pas de panique. Il s'agit de choses agréables. Notamment la première du *Lac des cygnes* au théâtre Mariinsky - l'un des plus réputés de Russie.

Enfant, elle adorait le ballet et, au Noël précédant leur mort, ses parents l'avaient emmenée voir une représentation de *Casse-Noisette*. Elle n'avait pas vu d'autres ballets depuis. Par conséquent, elle aurait dû refuser d'accompagner Maks au théâtre Mariinsky, ne pas prendre le risque de se retrouver confrontée aux douloureux souvenirs.

Mais soudain, Zoe sentit un désir inconnu germer en elle, celui de résister au besoin de se protéger. De fuir.

— D'accord, dit-elle d'un ton neutre. Pas de problème.

Maks lui décocha un regard moqueur.

— Ton enthousiasme me confond, Zoe.

— Ce n'est pas…, murmura-t-elle en rougissant. Je suis ravie d'y aller avec toi. Mais je crains de ne pas avoir de tenue adéquate pour ce genre de soirée.

— Va faire un tour dans les boutiques de l'hôtel. Je t'arrangerai un rendez-vous avec une styliste qui t'aidera à choisir tes robes.

— *Mes* robes ?

— Une autre soirée est prévue pour la fin de la semaine - la présentation des collections de jeunes créateurs.

Zoe comprenait très bien le point de vue de Maks, mais

elle n'avait pas les moyens de s'offrir le type de robes aperçues dans les vitrines des boutiques de luxe de l'hôtel.

— Merci pour le conseil, mais je pourrais aussi aller faire un tour en ville et voir ce qu'il y a comme magasins ?

Maks n'en revenait pas. Il était habitué à fréquenter des femmes appartenant au même milieu que lui et possédant une garde-robe bien fournie, ou qui auraient sauté sur l'opportunité de se faire offrir des vêtements. Tandis que Zoe… Au fond, il aurait dû s'attendre à ce qu'elle réagisse ainsi. Il était trop cynique.

— Ce n'est pas à toi de faire des frais. Je t'ai *invitée* à venir ici avec moi et à m'accompagner à ces soirées.

Elle devint cramoisie.

— Je ne peux pas accepter. Je ne demande pas la charité.

Seigneur, il s'y prenait mal…

— Je le sais très bien. Considère cela comme un prêt. Nous confierons les robes au service de blanchisserie de l'hôtel et nous les rapporterons à la boutique avant de partir.

— Tu crois que c'est possible ?

— Bien sûr. Aucun problème.

Une heure plus tard, Zoe se sentait toujours aussi peu à l'aise, d'autant plus que la styliste l'inspectait de la tête aux pieds d'un air critique.

— Je ne suis pas très féminine. Alors je ne veux pas quelque chose de trop fantaisiste ou de trop flashy. Je préférerais une teinte foncée. Une coupe sobre, discrète…

La styliste, une grande blonde élégante, sourit.

— M. Marchetti m'avait prévenue que vous diriez probablement cela, répliqua-t-elle avec son charmant accent russe.

— Ah ? Vraiment ? fit Zoe, vexée. Vous voulez bien me

montrer ce que vous avez comme robes de couleur vive, s'il vous plaît ?

Lorsqu'elle se contempla dans le miroir de sa chambre ce soir-là, Zoe regretta sa décision irréfléchie. C'est à peine si elle se reconnaissait dans l'étrangère mince qui lui faisait face. Sa robe jaune bouton d'or au décolleté profond, à petits mancherons, moulait outrageusement son buste. À partir de la taille, la soie tombait en ondulations fluides jusqu'aux pieds.

À peine l'avait-elle portée dans la boutique, que Zoe avait été tentée de l'ôter. C'était une robe de conte de fées, or Zoe avait cessé de croire aux contes de fées depuis très longtemps… Mais pour une fois, elle avait décidé de transgresser ses habitudes.

Deux jeunes femmes étaient alors arrivées et l'avaient coiffée et maquillée.

Et maintenant… Le cœur de Zoe se serra. Ce n'était plus une étrangère qui lui faisait face. Elle ressemblait à une vieille photo de sa mère. Ses cheveux tombaient sur ses épaules en ondulations souples. Elle avait les lèvres rouge vif. Ses yeux, soulignés d'un simple trait d'eye-liner, paraissaient immenses et très verts.

On frappa à la porte. Trop tard pour se changer, ou pour se préoccuper de ses cicatrices.

Zoe se retourna et prit le petit sac de soirée en soie brodée assorti à la robe puis son étole.

Avec un peu de chance, Maks ne s'apercevrait pas qu'elle se sentait affreusement vulnérable.

Mais lorsqu'elle ouvrit la porte, tous ses doutes, toutes ses appréhensions s'évanouirent. En smoking noir à la coupe classique, Maks Marchetti était… d'une beauté à couper le souffle. Réellement. Zoe n'arrivait plus à respirer.

Éblouie par la vision qui s'offrait à ses yeux, elle

remarqua à peine qu'il promenait son regard sur son corps, les mâchoires crispées.

— Bonsoir, dit-elle après avoir enfin retrouvé son souffle.

— Tu es… resplendissante, répondit-t-il lentement.

Encore sous le choc, elle le dévisagea en silence.

— On y va ? reprit Maks en lui offrant son bras.

Au rez-de-chaussée, des gens se retournèrent sur leur passage lorsqu'ils traversèrent le hall.

Elle avait l'impression de flotter. La robe bruissait et lui caressait la peau à chaque pas, tandis que Zoe faisait attention à ne pas se tordre la cheville à cause des sandales à talons aiguilles. Une voiture les attendait devant l'hôtel. Le chauffeur ouvrit la portière arrière et la referma une fois que Zoe fut installée sur la banquette en cuir souple. Maks monta de l'autre côté et s'assit à côté d'elle.

Les rues de Saint-Pétersbourg étaient très larges et bordées d'arbres dont le feuillage vert se teintait de touches dorées. Ce devait être magnifique lorsque l'automne battait son plein, songea Zoe.

Et puis, garder la tête tournée vers la vitre lui évitait de regarder Maks.

— Je ne m'attendais pas à voir autant d'eau, dit-elle alors que le véhicule longeait maintenant un canal.

— Saint-Pétersbourg est parfois comparé à Venise, à cause de tous ses canaux et de la Neva, expliqua Maks. Il y a plus de trois cents ponts dans cette ville.

Le simple son de sa voix fit naître une myriade de sensations délicieuses en elle, dans les moindres cellules de son corps. Zoe ne put s'empêcher de penser aux femmes vues en photo avec Maks. Comparée à ces créatures sophistiquées, elle faisait vraiment pâle figure…

— Zoe ?

— Oui ? fit-elle, le visage résolument tourné vers la vitre.

— Regarde-moi, Zoe.

Elle obéit avec réticence, déterminée à rester insensible

au charme de Maks. Peine perdue. Déjà, sa chaleur virile l'enveloppait.

— Tu n'as pas besoin de te cacher, tu sais, dit-il doucement en lui repoussant une petite mèche de la joue. Tu es une très belle femme.

Recevoir pareil compliment de Maks la troublait, alors qu'il devait dire ce genre de choses à toutes les femmes.

— Je ne me cache pas, se défendit Zoe.

Même si elle avait expressément demandé à la styliste de ne *pas* lui faire de chignon…

— Excuse-moi, je ne voulais pas être brutale, reprit-elle. La vérité c'est que je n'avais encore jamais porté de robe de soirée. Je n'en avais jamais eu l'occasion. Tout ceci est… nouveau pour moi.

— Il n'y avait pas de bal de fin d'année, dans ton lycée ?

Zoe secoua la tête.

— Non. J'ai quitté Dublin aussitôt après mes examens de fin d'études…

Elle avait été pressée de laisser ses douloureux souvenirs derrière elle et de se construire une nouvelle vie, à Londres. Mettre de la distance entre elle et le chagrin qui lui collait à la peau lui avait paru vital, bien que quitter Dublin lui ait déchiré le cœur.

— Tu es *magnifique*, Zoe. Je suis sincère.

— Merci, murmura-t-elle. Toi aussi, tu es magnifique.

Maks lui prit la main et la porta à ses lèvres avant d'y déposer un léger baiser, la faisant frémir tout entière.

— Nous sommes arrivés.

Zoe aperçut un tapis rouge et des gens en tenues de soirée ultra-chic entrer dans le théâtre Mariinsky.

Le chauffeur vint leur ouvrir la portière et bientôt ils s'avancèrent main dans la main sur le tapis rouge, sous le feu nourri des flashs. Questions et exclamations fusèrent de toutes parts, en russe.

Maks ne répondit à aucune question, ne réagit à aucune

provocation, et ils pénétrèrent à leur tour dans le célèbre théâtre.

Éblouie, Zoe leva les yeux vers les hauts plafonds ornés de moulures raffinées, les lustres gigantesques… Face à une telle magnificence, elle se sentait soudain minuscule, insignifiante. Surtout à côté de Maks.

Maks adorait sentir la main de Zoe dans la sienne : petite, délicate mais forte. À quoi jouait-il, exactement ? D'ordinaire, il ne s'autorisait pas ce genre d'exhibition. Jamais il ne se donnait autant de mal pour séduire une femme, vierge de surcroît !

Il fuyait celles qui ne comprenaient pas les règles. Ses maîtresses passaient du bon temps avec lui et s'en allaient. Pas de promesses, pas d'exigences. Pas de petits jeux sournois.

À la différence de ses frères, Maks avait adopté un style de vie le protégeant des médias. Nikos adorait faire sensation, provoquer le scandale - avant qu'il s'assagisse –, tandis que Sharif éprouvait le besoin constant de faire plier tout le monde sous sa volonté.

Quoi qu'il en soit, tous trois s'évertuaient ensemble à redorer l'image du Marchetti Group, qui avait pâti des excès de leur père. Domenico Marchetti était allé jusqu'à mourir dans les bras de sa dernière maîtresse, un détail sordide qu'ils avaient réussi à dissimuler à la presse.

Fidèle à la ligne de conduite qu'il s'était fixée, Maks n'entretenait que des relations superficielles avec les femmes. En revanche, il était très attaché à sa sœur et très proche d'elle. Cela lui suffisait. Sasha le comprenait, ayant été elle aussi témoin du chaos et de l'amertume qui avaient caractérisé le mariage puis le divorce de leurs parents. Ni l'un ni l'autre ne voulaient reproduire le même schéma relationnel.

Et pourtant, il était là avec Zoe, lui tenant la main et en proie à un besoin farouche de la protéger.

« Je n'avais encore jamais porté de robe de soirée. »

Seigneur, quand il l'avait vue apparaître devant lui dans cette robe jaune bouton d'or, il avait compris instantanément qu'elle l'avait choisie pour le surprendre, sans se rendre compte de l'image qu'elle projetait.

L'étoffe moulait son buste mince, sa taille menue, avant de s'épanouir autour des hanches. Maks se souvint de la sensation des petits seins ronds et fermes dans ses mains, de leur goût… Sa libido réagit au quart de tour. Comme s'il n'avait plus aucun contrôle sur ses sens.

— Ça va ? demanda-t-il en serrant la main fine dans la sienne.

Quand elle tourna la tête vers lui, une lueur chaude traversa fugitivement ses yeux, plus verts que bleus à cet instant. Puis elle dégagea sa main.

— Oui, très bien. Cet endroit est… stupéfiant !

Il glissa la sienne dans sa poche, un peu désarçonné. Il ne s'était pas attendu à la voir aussi détendue. De toute évidence, il se trompait sur son compte. Elle était innocente, certes, mais pas naïve.

Maks parlait couramment le russe, constata bientôt Zoe. Ce qui n'avait rien d'étonnant puisque sa mère était russe. Il s'entretenait en ce moment avec un homme élégant alors qu'ils attendaient dans le foyer qu'on les fasse entrer dans la salle de spectacle.

Quand il s'exprimait en russe, sa voix était différente, encore plus sexy. Comme s'il ne l'était pas déjà assez…

Tout à coup, les portes de la salle s'ouvrirent et une ouvreuse les conduisit à leur loge. Médusée, Zoe contempla le somptueux auditorium rutilant de dorures, la fresque du plafond qui représentait des anges et des chérubins dansant en farandole autour du lustre central…

— Que c'est beau…, murmura-t-elle.

— Un jour, ma mère était venue ici à l'occasion d'une séance photo et, je ne sais pourquoi, nous avait emmenés, Sasha et moi. Ce n'était pourtant pas dans ses habitudes ; d'ordinaire, elle nous laissait à la gouvernante. Je me souviens que, lorsque je suis entré dans ce lieu pour la première fois, j'ai été ébloui.

Zoe le regarda.

— Tu parais très à l'aise, à Saint-Pétersbourg.

— J'ai des affinités avec la Russie, je n'y peux rien, répliqua-t-il avec un haussement d'épaules. Sans doute parce que j'y ai des racines. Et puis j'ai toujours aimé les écrivains russes, tandis que Sasha préfère les classiques français.

— C'est bien que vous soyez proches l'un de l'autre.

Si elle n'avait pas perdu son frère autrefois, ils seraient peut-être aussi proches que Maks et Sasha.

— Sasha me trouve trop protecteur, dit-il avec un sourire en coin. Mais elle est ma petite sœur.

— S'il était encore en vie, mon frère aurait vingt-trois ans. Je pense souvent à lui et je me demande à quoi il ressemblerait.

— Je suis sûr qu'il serait comme sa sœur, murmura Maks en lui reprenant la main. Indépendant, passionné…

Au grand soulagement de Zoe, les lumières s'éteignirent. Elle aurait dû dégager sa main, mais…

Le rideau se leva lentement et elle oublia tout ce qui l'entourait, Maks y compris, tandis que la musique montait de la fosse d'orchestre et que le ballet commençait, l'emportant dans sa magie et sa féerie.

— Tu as aimé, alors ? demanda Maks en haussant les sourcils.

Comme s'il ne le savait pas… À la fin du spectacle, Zoe avait pleuré comme une Madeleine. Davantage à cause des souvenirs qui l'avaient submergée dès les premières minutes, que de la performance en elle-même, par ailleurs très réussie.

— C'était merveilleux. Merci. Mais je crains d'avoir ruiné tout le travail de la maquilleuse.

— Tu es parfaite au naturel.

Il essuya une larme sur sa joue.

— On te faisait des remarques sur tes cicatrices, quand tu étais enfant ?

La question abrupte prit Zoe de court, mais au fond, elle appréciait la franchise de Maks. Elle détestait qu'on fixe ses cicatrices sans faire aucun commentaire.

— À l'école, les autres m'appelaient parfois Scarface. Ou La Balafrée.

— Les enfants peuvent être très cruels. Tu n'as jamais eu envie de t'en débarrasser ?

— Tu veux dire, en recourant à la chirurgie esthétiquc ?

Il hocha la tête.

— Non que je pense que tu en aies besoin. Pas du tout, enchaîna-t-il à la hâte. Mais je pourrais comprendre que tu sois tentée de le faire… pour te faciliter la vie.

— Il m'est arrivé d'y penser quand j'étais plus jeune, reconnut Zoe. À l'époque du lycée. Mais je savais que ce serait un aveu de faiblesse.

— De faiblesse ? fit Maks, l'air étonné.

— Mes cicatrices me rappellent ce qui est arrivé. Ce que j'ai fait.

— Qu'est-ce que tu as fait ?

— J'étais à l'arrière de la voiture et je regardais l'appareil-photo, auquel mon père tenait comme à la prunelle de ses yeux. Il m'a dit d'y faire attention… s'est retourné vers moi, une fraction de seconde, et…

Un frisson glacé parcourut Zoe.

— Tu n'es pas responsable de l'accident, Zoe. Tu avais huit ans.

Oui, mais la blessure demeurait toujours aussi vivace.

— J'ai détourné son attention. Si je n'avais pas…

— Il y a des accidents tous les jours. Ils sont souvent absurdes ; certains sont tragiques. C'est le produit d'un concours de circonstances. Tu ne peux pas te considérer comme responsable de ce qui est arrivé.

D'un point de vue rationnel, Maks avait sans doute raison. Mais à un niveau plus profond, plus intime, Zoe avait du mal à y croire. La culpabilité l'accompagnait depuis si longtemps.

La voiture venait de s'arrêter. De l'eau scintillait au clair de lune.

— Où sommes-nous ?

— Tu le sauras bientôt, répondit Maks.

Elle descendit de voiture et s'immobilisa, le souffle court. Un petit bateau au toit de verre se balançait sur le canal. Des bougies en éclairaient l'intérieur, et Zoe aperçut une table dressée pour deux, puis un serveur en costume noir et chemise blanche…

— Nous allons dîner sur un bateau ?

— Oui, tout en faisant un peu de tourisme.

Sans lui laisser le temps de répliquer, il la prit par la main et descendit quelques marches, au bas desquelles un homme les attendait et aida Zoe à monter à bord. Se sentant vaciller sur ses hauts talons, elle ôta ses escarpins. Le bateau était petit mais ravissant. Maks tira une chaise et s'inclina devant Zoe. Dès qu'elle fut assise, le bateau s'écarta du quai et avança lentement sur l'eau tandis que le serveur versait du champagne dans deux flûtes en cristal.

En fait, elle mourait de faim, constata bientôt Zoe en savourant de délicieux petits pâtés à la viande, suivis d'autres, au fromage. Il y avait aussi du caviar, bien sûr, sur de petites tranches de pain croustillant.

— Qu'en penses-tu ? demanda Maks.

— C'est un peu surprenant, la première fois, répondit-elle en plissant le nez. Mais je crois que je m'y habituerais vite…

Au moment du dessert, composé de succulents blinis au

chocolat noir, Zoe sentit la tête lui tourner. Du vin blanc avait succédé au champagne et elle n'avait pas l'habitude de boire autant.

Durant le repas, elle avait interrogé Maks à propos des sites qui défilaient devant leurs yeux et il lui avait donné des explications précises et intéressantes. Quand elle lui désigna les bulbes dorés et les dômes torsadés s'élevant au-dessus d'une église illuminée qui se détachait sur le ciel nocturne, il répondit :

— C'est la cathédrale Saint-Sauveur-sur-le-sang-versé, où le tsar Alexandre II a été assassiné. Nous irons la visiter demain. Il y a des mosaïques superbes à l'intérieur.

Le cœur de Zoe fit un bond.

— Tu n'as pas de rendez-vous ? Ne te sens surtout pas obligé de me servir de guide. Je peux très bien me balader seule.

Maks haussa les épaules.

— Je n'ai qu'une séance photo, demain, répliqua-t-il tranquillement. Ils se passeront de moi sans problème !

Lorsque Zoe ouvrit les yeux, le jour commençait à se lever. Elle s'étira longuement, seule dans le lit immense, et repensa à ce qui s'était passé la veille au soir.

Après avoir quitté le bateau puis regagné l'hôtel en voiture, Maks l'avait accompagnée jusqu'à la porte de sa suite. Avant de s'en aller, il lui avait dit qu'il l'appellerait le lendemain matin. Elle avait dû avoir l'air surpris, ou, pire encore, déçu, car il lui avait posé la main sur la nuque en déclarant : « Nous avons tout notre temps, Zoe. Alors ne précipitons pas les choses. »

En proie à un véritable chaos d'émotions contradictoires, elle l'avait regardé s'éloigner en se demandant pourquoi il n'avait même pas tenté de l'embrasser.

Zoe se retourna sur le ventre et enfouit la tête dans

l'oreiller dans l'espoir de dominer la frustration qui reprenait possession d'elle. Ça aussi, c'était nouveau…

L'instant d'après, elle se retourna sur le dos et compara ce qu'elle ressentait à ce qu'elle avait ressenti avec Dean. Ils se connaissaient depuis l'adolescence pour avoir été accueillis dans la même famille. Il avait été le premier garçon à l'embrasser. Lorsqu'elle avait quitté l'Irlande, Zoe avait rompu avec lui et n'avait quasiment pas souffert de la séparation. Peut-être parce qu'ils n'avaient jamais été amants, s'était-elle dit à l'époque. Dean avait bien tenté de coucher avec elle plusieurs fois, mais elle n'avait jamais pu se résoudre à passer à l'acte. Comme si quelque chose la retenait de se donner à lui.

Plus tard, quand il était venu à son tour à Londres et avait repris contact avec elle, elle avait accepté de le revoir avec joie. Elle avait été surprise d'éprouver autant d'émotion en le retrouvant. À présent, elle savait que, en fait d'affection et de désir, c'était surtout la solitude qui l'avait poussée dans ses bras.

Dean l'avait compris et en avait profité. Il l'avait convaincue qu'ils vivaient une merveilleuse aventure romantique… Mais, comme autrefois, Zoe avait éprouvé une réticence instinctive à la perspective de faire de lui son premier amant.

Les deux premières fois qu'elle avait refusé de coucher avec lui, il n'avait pas insisté. Mais à la troisième, il s'était mis en colère et l'avait traitée d'allumeuse. Puis il était devenu franchement violent et avait révélé la vraie raison qui l'avait amené à reprendre contact avec elle.

Zoe chassa le souvenir de ces instants atroces. Dean était parti. Elle avait réussi à se débarrasser de lui avant qu'il abuse de sa supériorité physique. Mais elle n'oublierait jamais les mots horribles qu'il lui avait lancés à la figure avant de s'en aller. Ni le sentiment de trahison ressenti alors.

« Tu n'es qu'une radine coincée ! Une salope frigide ! »

Le téléphone vibrant soudain sur la table de nuit, elle se tourna sur le flanc et souleva le combiné.

— Bonjour, dit la voix chaude et sensuelle de Maks. Je te réveille ?

Un frisson délicieux la parcourut.

— Non, murmura-t-elle en se rallongeant sur le dos.

— Je t'emmène prendre le petit déjeuner à l'extérieur. Tu as dix minutes pour te préparer.

Zoe sourit.

— On ne t'a jamais dit que tu étais autoritaire ?

— Si, souvent. Maintenant, va te préparer, je t'attends en bas dans… neuf minutes trente-huit secondes.

— Goûtes-en un avec ton café. Ces *pyshki* sont les meilleurs de Saint-Pétersbourg, dit Maks.

Zoe prit un beignet, après un petit déjeuner déjà très copieux. La texture moelleuse fondait sur sa langue… Et le goût allait parfaitement avec celui du café, en effet.

— C'est divin, reconnut-elle en s'essuyant les lèvres avec la fine serviette blanche.

Face à elle, Maks sourit. En jean noir, pull et veste brun foncé, avec une barbe de deux jours, il paraissait encore plus dangereux. Et terriblement sexy.

— Et maintenant ? demanda-t-elle d'un ton détaché. Où m'emmènes-tu ?

— Je pensais que nous pourrions…

Comme son smartphone sonnait, il s'interrompit et étouffa un juron étouffé en sortant l'appareil de sa veste.

— Oui ? fit-il en fronçant les sourcils. OK, dites à Pierre que j'arrive.

— Que se passe-t-il ?

— Je dois aller à la séance photo, soupira-t-il. Notre célèbre et très caractériel photographe pique sa crise parce que son assistant a chopé un virus intestinal et ne peut pas venir.

— Oh ! ne t'en fais pas pour moi, dit-elle à la hâte pour dissimuler sa déception. Je vais retourner à l'hôtel prendre mon appareil-photo et aller me balader.

— Viens avec moi. La photo de mode, ça t'intéresse, non ?

Elle resta muette quelques instants, abasourdie.

— Je ne… Vraiment ? Cela ne te dérangerait pas ? Ni l'équipe ?

— Pourquoi ta présence les dérangerait-elle ? répliqua Maks avec un haussement d'épaules. Et puis, ce sera l'occasion pour toi de voir à l'action un grand maestro à l'ego surdimensionné…

— Pourquoi l'avoir embauché, s'il est ingérable ?

— Je ne voulais pas l'engager. C'est la marque qui a insisté. Mais je ne le supporterai pas longtemps. Ce n'est pas parce qu'on a du talent qu'on doit se conduire comme un gosse gâté.

Zoe acquiesça. Elle partageait entièrement son avis.

Une demi-heure plus tard, la voiture s'arrêtait à l'entrée d'une rue barrée, mais, reconnaissant Maks, les agents de sécurité ouvrirent les barrières pour les laisser passer et le chauffeur se gara derrière une longue file de camions et de camping-cars. Zoe aperçut trois camions loges et un autre arborant le logo d'une entreprise de restauration de luxe. Et tout cela pour *une* séance photo…

Comme décor, ils avaient choisi une petite place entourée de hauts immeubles néoclassiques dont les façades déclinaient diverses teintes pastel. Le cadre idéal pour un shooting, songea Zoe en admirant le site. D'autant que les mannequins portaient des tenues monochromes aux coloris vibrants qui formaient un contraste saisissant avec l'arrière-plan.

Maks, qui lui tenait la main, se dirigea droit vers un groupe de personnes rassemblées autour d'un homme de haute taille et aux longs cheveux qui s'agitait, l'air furieux.

— Il serait temps, Marchetti, dit-il en apercevant Maks. Comment comptez-vous remédier au problème ? Vous ne vous attendez tout de même pas à ce que je travaille sans assistant ?

— Je comprends tout à fait votre colère, répondit Maks avec un calme stupéfiant. Que pouvons-nous faire pour que la séance ait lieu comme prévu ?

— Trouvez-moi un autre assistant ! Immédiatement !

Un drôle de pressentiment traversa Zoe.

— J'ai le plaisir de vous présenter Zoe Collins, Pierre. C'est elle qui sera votre assistante aujourd'hui.

Elle dévisagea Maks, suffoquée, mais lui fixait le photographe, comme s'il le mettait au défi de refuser sa proposition.

Le prénommé Pierre tourna les yeux vers Zoe.

— Mais… *qui* est cette femme ? Votre petite amie du moment ? Elle sait tenir un appareil-photo, au moins ? Je…

— Oui, l'interrompit Maks avec le même calme et la même assurance. Elle sait le tenir *et* s'en servir - et elle a beaucoup de talent. Alors, Pierre ? Vous voulez retarder encore la séance, ou vous acceptez que Zoe remplace votre assistant ? Dois-je vous rappeler que nous n'avons l'autorisation d'occuper le site que pendant une seule journée ?

Pierre leva les yeux au ciel d'un air ulcéré, soupira, puis finit par acquiescer de mauvaise grâce.

— D'accord. Mais je vous préviens : si elle n'est pas à la hauteur, je pars et vous n'aurez qu'à lui demander de prendre la relève. Je suis sûr que les commanditaires seront ravis.

Déjà, le photographe énumérait d'un ton sec les accessoires et le matériel dont il avait besoin.

Comprenant qu'une telle chance ne se représenterait pas deux fois, Zoe se dirigea rapidement vers le local où étaient stockées les fournitures.

6.

Pierre Gardin tendit sa carte à Zoe.

— Si jamais vous cherchez du travail un jour, ou si vous souhaitez renouveler l'expérience, passez-moi un coup de fil.

— Merci, Pierre. Et merci d'avoir pris le risque de…

— Vous connaissez le métier, l'interrompit-il. Vous êtes autodidacte, avez-vous dit ?

— Oui. Mon père était photographe.

— Ah ? Quel est son nom ? Je l'ai peut-être rencontré ?

Maks arriva à brûle-pourpoint, lui évitant de répondre.

— Vous en avez terminé avec Zoe, Pierre ?

Ce dernier se tourna vers lui en plissant les yeux.

— Je vous la laisse, Maks - elle est tout à vous.

La métamorphose était incroyable. De caractériel furieux, le photographe s'était transformé en maître intransigeant - rien ne lui échappait. Et maintenant, il avait un petit air… facétieux.

Maks prit Zoe par la main et l'entraîna vers la voiture tandis qu'elle disait au revoir d'un geste de la main aux membres de l'équipe et aux mannequins, qui s'étaient tous montrés adorables avec elle.

— Merci infiniment, Maks. C'était terrifiant mais formidable et enrichissant…, dit-elle quand ils furent remontés en voiture.

— Je n'avais encore jamais vu Pierre tenir une séance entière sans s'en prendre une seule fois à son assistant, répliqua-t-il avec un petit sourire en coin. Il n'a pas réussi à te prendre en défaut, manifestement.

— Sa réserve était peut-être plutôt due à ta présence…

— Ne te sous-estime pas, Zoe. Tu es bien plus douée que tu ne le penses. Tu veux encore travailler dans la photo de mode, après cette séance sportive ?

— Oui, plus que jamais. Sauf que…

Elle s'interrompit. Cela n'intéresserait pas Maks.

— Sauf que quoi ?

— Sauf que la perfection, ce n'est pas mon truc. Je préférerais travailler avec des mannequins qui sont singuliers, différents. Promouvoir un idéal plus… positif – à mes yeux, en tout cas. Ce ne sont pas tant les mensurations du mannequin qui m'intéressent, mais plutôt la couleur de la peau, les cicatrices… Les défauts. J'admire énormément Kat Winters, par exemple.

— La top model qui a perdu une jambe dans un accident ?

— Oui. Elle est très inspirante.

— Je crois que les gens comme toi ont beaucoup à apporter à l'industrie de la mode. La perfection, c'est lassant.

Zoe rougit.

— Et toi ? Tu as toujours désiré intégrer la holding familiale ? demanda-t-elle pour faire diversion. Ou tu nourrissais d'autres ambitions ?

Maks observa Zoe quelques instants en silence. Personne ne lui posait jamais de questions aussi directes.

— Excuse-moi, reprit-elle en rougissant de plus belle. Cela ne me regarde pas…

Il lui prit doucement la main. L'intimité qu'ils partageaient - sans même avoir couché ensemble - aurait dû l'horripiler, mais c'était le contraire. Il appréciait de plus en plus la compagnie de Zoe.

— Pendant très longtemps, je n'ai pas voulu entendre

parler du Marchetti Group. Je détestais trop mon père. Mais je dépensais tellement d'énergie à le haïr et à protéger ma sœur qu'il ne m'en restait plus assez pour réfléchir à ce que je pourrais avoir envie de faire. Lorsque notre père est mort, mon frère Sharif nous a convoqués, Nikos et moi. Grâce à lui, j'ai compris que désormais le sort et le prestige de l'entreprise familiale étaient entre nos mains. Et que notre devoir consistait à redorer son image après la négligence dont notre père avait fait preuve à cause de sa cupidité et de ses turpitudes.

Il esquissa une petite moue.

— Nous n'avons pas grandi ensemble, mes frères et moi, et je ne peux pas dire que nous sommes proches, non, mais Sharif nous a vite cernés et nous a attribué des rôles en accord avec nos capacités. Nikos s'est vu chargé des relations publiques et de l'image de la holding, tandis que Sharif me confiait tout ce qui concerne la mode et les marques. Son désir de travailler avec nous, la confiance qu'il a placée en nous, tout cela nous a liés. Sharif aurait très bien pu reprendre la tête de la holding seul, mais il ne l'a pas fait. Et j'aime beaucoup la tâche qui m'est impartie… J'aime le défi que cela représente de faire avancer l'entreprise dans le XXIe siècle. Il ne s'agit pas seulement d'image, de marques. Les choses évoluent, changent, et des gens comme toi seront les acteurs de ce changement.

En fait, Maks n'avait jamais parlé de tout cela à quiconque.

Soudain, il réalisa que la voiture s'était arrêtée devant l'hôtel. Au même instant son téléphone sonnait dans sa poche. Il répondit à l'appel en descendant de voiture et vint tendre la main à Zoe. Lorsque les doigts fins enlacèrent les siens, le désir fusa en lui. Maks brûlait de l'emmener illico dans sa chambre. Dans son lit. Il voulait la faire sienne.

Hélas, il devrait encore patienter.

— C'était Sharif, fit-il avec un soupir. Je dois passer

quelques coups de fil et le rappeler ensuite. Ça risque de durer un certain temps.

Après avoir refermé la porte de sa suite, Zoe inspira profondément pour reprendre le contrôle de ses émotions. Maks était si… troublant. Si intense.

Et quelle journée ! Elle avait travaillé avec Pierre Gardin ! Participé à un vrai shooting ! Grâce à Maks.

À présent, elle était épuisée, même si une énergie nouvelle vibrait en elle.

Elle se commanda un dîner léger, qu'elle dévora bientôt avec appétit. Une fois le dessert englouti, elle eut envie d'aller se dépenser. Alors, elle enfila sa tenue de jogging puis se fit une queue-de-cheval. Et comme il n'aurait pas été prudent d'aller courir tard le soir dans les rues d'une ville inconnue, elle partit à la recherche de la salle de sport de l'hôtel, qu'elle trouva sans problème au sous-sol.

Au moment où elle arrivait devant la large porte en verre opaque, celle-ci s'ouvrit brusquement… et Maks apparut devant elle, en pantalon de jogging et débardeur moulant, une serviette autour du cou et la peau luisante de sueur.

Elle le dévisagea en silence, le cœur battant la chamade.

— Tu n'arrivais pas à dormir ? demanda-t-il en haussant les sourcils.

Son petit sourire moqueur était toujours aussi sexy.

— Je… J'ai besoin de me défouler, dit-elle sans réfléchir. Et comme je fais de la boxe…

— Ah ? Et tu pratiques ce sport depuis longtemps ?

— Il y a un club à côté de chez moi. J'ai commencé à le fréquenter régulièrement après…

Zoe s'interrompit et se mordilla la lèvre.

— Après ce qui s'est passé avec ton ex ? acheva Maks à sa place.

— Oui. J'y suis allée dans l'intention d'apprendre à

me défendre et j'ai découvert rapidement que la boxe me convenait parfaitement, et qu'en plus j'aimais cela.

En réalité, ce n'était pas à la boxe qu'elle pensait à cet instant précis. La proximité de Maks l'empêchait de se concentrer. Il était trop beau. Le débardeur noir moulait les pectoraux, les abdominaux parfaits…

— Je connais un autre moyen de dépenser son énergie, répliqua-t-il soudain, le regard rivé au sien.

Fascinée par l'éclat argenté incendiant les yeux gris, Zoe soutint son regard en retenant son souffle.

— Tu en meurs d'envie, reprit-il, la voix rauque. Alors, qu'est-ce qui te retient ?

Rien, s'avoua-t-elle, le cœur lui martelant les côtes. Rien hormis ses vieilles craintes.

Gagnée par une audace inconnue, Zoe s'avança d'un pas, se haussa sur la pointe des pieds et l'embrassa.

Au début, Maks la laissa faire, mais elle le sentit se raidir contre elle, comme s'il devait faire un effort surhumain pour ne pas l'enlacer et reprendre le contrôle du baiser. Jusqu'à ce qu'il perde toute retenue et la serre contre lui avant de dévorer sa bouche avec passion.

Zoe ne chercha même pas à résister au courant brûlant qui déferlait dans tout son corps. Elle répondit avec fièvre aux caresses des lèvres de Maks, de sa langue, et s'abandonna contre son corps chaud et viril.

Soudain, il écarta le visage du sien et redressa la tête, puis, sans dire un mot, il lui prit la main et l'entraîna dans le couloir en direction de l'ascenseur.

— Où allons-nous ? demanda-t-elle dans un souffle.

— Dans un endroit plus confortable, répondit-il sans ralentir le pas. Quand nous ferons l'amour pour la première fois, ce ne sera pas sur le sol d'une salle de sport, sous la lumière crue de néons fluorescents.

Le cœur de Zoe se mit à battre à un rythme sauvage.

— Nous allons faire l'amour ? murmura-t-elle.

Maks tourna la tête vers elle.

— Nous avons déjà commencé, ma douce, dit-il d'un ton suave.

Une fois dans l'ascenseur, il la dévisagea un instant en silence.

— Es-tu prête ?

D'une certaine façon, elle ne serait sans doute jamais prête pour Maks. Comment aurait-elle pu être à la hauteur de ses attentes ? Si elle répondait par la négative, il n'insisterait pas. Mais il ne l'attendrait pas indéfiniment.

Elle hocha la tête.

— J'ai besoin de te l'entendre dire, Zoe.

— Oui, déclara-t-elle en rivant son regard au sien. Je suis prête. Et je te désire, Maks.

Il ne bougea pas, ne prononça pas un seul mot, mais l'éclat qui embrasa son regard était plus éloquent que toute parole.

C'est à peine si Maks remarqua les portes de l'ascenseur qui coulissaient en silence. Il n'avait d'yeux que pour Zoe. Le désir le consumait, presque douloureux. Jamais il n'avait éprouvé pareille attirance pour une femme.

Comme ils entraient dans sa suite, il promena son regard sur le corps mince de Zoe. Il brûlait de la goûter avec sa langue. De la sentir jouir dans sa bouche.

Les cheveux rassemblés en queue-de-cheval, le cou et les fines épaules dégagés, elle paraissait encore plus menue. Plus vulnérable.

— Viens, dit-il en tendant la main vers elle.

Elle le dévisagea, l'air hésitant, puis prit sa main. Maks l'attira vers lui puis la fit pivoter et lui appuya le dos contre la porte. Doucement, il referma la main sur la joue à la peau claire, caressa la belle bouche pulpeuse du bout du pouce et effleura la fine cicatrice, avant de remonter jusqu'à celle qui s'arrêtait à la naissance des cheveux.

— Pourquoi fais-tu cela ? chuchota Zoe.

Son parfum de femme s'insinuait en lui. Musqué. Sensuel.

— J'aime tes cicatrices parce qu'elles font partie de toi.

Un long tressaillement la parcourut tandis qu'une profonde émotion troublait les yeux couleur d'aigue-marine.

Durant quelques instants, ils se regardèrent en silence, les yeux dans les yeux, puis elle referma les bras autour de sa nuque.

— Fais-moi l'amour, Maks, murmura-t-elle.

Un sentiment inconnu se déploya en lui. Un sentiment de responsabilité.

— Si tu veux que nous nous arrêtions, à n'importe quel moment, cela ne pose aucun problème, Zoe.

— Je n'ai pas peur. J'ai confiance en toi.

Sans dire un mot, Maks la souleva dans ses bras et l'emporta vers la chambre. La pièce baignait dans une douce lumière dorée. Le lit paraissait gigantesque.

Il reposa Zoe sur ses pieds, puis remonta son débardeur sur son torse et le fit passer par-dessus sa tête. Zoe respira les effluves épicés, rehaussés d'un autre, plus entêtant.

— Ôte ton T-shirt.

Docilement, elle se débarrassa de son haut en lycra et le garda à la main, consciente de sa simple brassière de sport en coton blanc.

— Tourne-toi, dit Maks, la voix terriblement rauque.

Zoe s'exécuta de nouveau et sentit les longs doigts lui effleurer la peau. L'instant d'après, les bretelles glissaient sur ses bras et la brassière tombait devant elle. Sans réfléchir, Zoe ôta ses baskets et les repoussa du bout du pied.

Maks se tenait derrière elle, la chaleur de son corps l'enveloppait. Il lui posa les mains sur les épaules, descendit sur ses bras, sa taille, puis remonta sur son ventre et s'arrêta juste au-dessous des seins. Un halètement échappa à Zoe.

Et lorsqu'il referma les mains sur sa poitrine, elle cessa de respirer. Ses mamelons durcis frémissaient contre les paumes de Maks. Des sensations vertigineuses fusaient en elle. Dans tout son corps.

La bouche chaude et ferme déposa un baiser dans le creux de son cou, tandis qu'une main glissait sur son ventre et saisissait le pantalon de jogging. Maks le fit descendre sur ses hanches, en même temps que de l'autre main il lui caressait les seins.

— Je veux sentir l'intensité de ton désir, murmura-t-il.

Lorsqu'il passa les doigts sous la culotte de dentelle, Zoe se détendit et appuya la tête sur son épaule musclée. La main experte l'explorait, la soumettant à la plus enivrante des tortures.

— Tu es prête…, lui chuchota-t-il à l'oreille. Plus que prête, même…

Il accéléra le rythme de ses caresses, la faisant haleter sans retenue. Maks était vraiment un expert en la matière. Il lui faisait l'amour avec ses doigts, lui donnant un avant-goût de ce qui l'attendait quand il la posséderait tout entière.

Soudain, il titilla un mamelon gonflé en même temps qu'il lui caressait savamment le clitoris. Zoe poussa un cri. Elle sentit son corps se contracter, avant d'être submergée par une marée de volupté qui lui arracha un nouveau cri.

Jamais elle n'avait ressenti un tel plaisir, ni la sensation d'apaisement qui l'envahissait maintenant.

Dans une sorte de brume délicieuse, elle se rendit compte que Maks l'allongeait sur le lit puis s'installait au-dessus d'elle en s'appuyant sur les mains.

— Ça va ?

Incapable d'articuler un son, Zoe acquiesça d'un hochement de tête. Le plaisir continuait d'ondoyer dans tout son corps. Maks était nu… et magnifique. Tout en muscles mais gracieux. Il avait un corps de boxeur.

Le cœur battant la chamade, elle contempla la puissante

érection et fut parcourue par un désir inconnu. Celui de goûter le membre excité, de le lécher…

— À quoi penses-tu ?

Elle rougit.

— À rien d'important.

— Tu es très sensible. Très réactive. Tu parais surprise ? Tu ne… ?

— Non, jamais, l'interrompit Zoe. Embrasse-moi, Maks, murmura-t-elle.

Il se rallongea à côté d'elle et l'attira contre lui avant de faire descendre la culotte de dentelle sur ses jambes. Maintenant ils étaient nus tous les deux. La bouche gourmande couvrit la sienne, la main chaude se glissa de nouveau entre ses cuisses et reprit son ensorcelant manège. Enhardie, Zoe caressa les pectoraux fermes, les petits mamelons plats aux pointes dures, le ventre musclé, puis s'aventura plus bas…

Le membre viril était à la fois puissant et vulnérable. Et doux comme de la soie.

Le prenant délicatement entre ses doigts, elle entreprit de le caresser, de haut en bas, de bas en haut. Mais Maks lui écarta bientôt la main d'un geste brusque.

— Qu'y a-t-il ? chuchota-t-elle.

Avait-elle fait quelque chose qu'il ne fallait pas ? Lui avait-elle fait mal ?

— Plus tard, tu pourras me torturer autant que tu voudras, dit-il, les traits tendus. Mais là… j'ai besoin d'être en toi.

Le cœur battant à tout rompre, Zoe se rallongea sur le dos alors que Maks enfilait un préservatif.

Bientôt, les yeux étincelants, il s'installa sur elle, lui écarta les cuisses…

— Zoe, j'étais sincère. Si tu veux que je m'arrête…

— Non. Je suis prête.

L'extrémité du membre viril s'appuya contre l'orée de son sexe, puis, lentement, Maks la pénétra.

— Ça va, chuchota-t-elle, le souffle court. Continue…

Lorsqu'il donna un vigoureux coup de reins, Zoe réprima un petit cri de douleur.

Maks s'immobilisa aussitôt.

— Zoe… ?

Le membre puissant se trouvait en elle. Sa présence était à la fois étrangère et… juste.

— Tout va bien, je t'assure, murmura-t-elle.

Il se retira, avant de donner un nouveau coup de reins. Puis il recommença l'ensorcelant va-et-vient, encore et encore.

— Tu es si étroite, dit-il tout à coup, les mâchoires crispées. Je ne te fais pas mal, tu es sûre ?

Zoe secoua la tête. Non seulement elle ne ressentait plus aucune douleur, mais les sensations qui la parcouraient étaient de plus en plus grisantes. Maks et elle ondulaient ensemble, corps à corps.

Il accéléra le rythme et l'intensité des coups de reins. Puis soudain, il lui souleva les hanches pour mieux la pénétrer, au plus profond. Le plaisir en fut décuplé, l'emportant à des sommets inouïs. Et lorsque Maks passa une main entre leurs deux corps pour lui caresser le clitoris, Zoe bascula dans la jouissance en poussant un cri.

Maks ne céda au plaisir qu'au moment où il sentit Zoe s'abandonner au sien. Il lui avait fallu une force surhumaine pour ne pas se laisser aller dès l'instant où il l'avait pénétrée. Mais il y était parvenu, déterminé à faire en sorte que sa première fois soit réussie.

Quant à lui, il n'avait jamais connu d'étreinte aussi fabuleuse.

7.

Lorsqu'elle se réveilla, Zoe tourna la tête vers la fenêtre dont les rideaux étaient restés ouverts. De fines traînées roses striaient le ciel ; le jour se lèverait bientôt.

Allongé sur le ventre, Maks reposait à côté d'elle, bras et jambes écartés. Un frisson délicieux la parcourut. Même endormi, son corps musclé exsudait sa force virile. Cette même force qui s'était déversée en elle quelques heures plus tôt…

Elle avait couché avec Maks Marchetti. Elle lui avait offert sa virginité.

Pour la première fois, elle s'était donnée entièrement à un homme. Sans hésitation et sans réserve. Parce qu'elle désirait ardemment Maks et parce qu'elle avait eu confiance en lui. Et ça, c'était encore plus inquiétant.

De nouveau Zoe frissonna. De froid, cette fois. « J'ai confiance en toi », avait-elle dit à Maks. Spontanément. Seul avait compté le désir qui la consumait.

La sensation de froid s'accentua. Toutes ses précieuses défenses s'étaient écroulées comme un château de cartes. Elle avait laissé Maks l'atteindre au plus intime de son être. Là où elle était le plus vulnérable. Dans le lieu secret où elle avait enfoui ses insécurités et ses craintes. Et maintenant, elle se sentait affreusement exposée. À vif.

Maks remua légèrement à côté d'elle ; Zoe retint son souffle, terrifiée à la pensée qu'il se réveille avant qu'elle se soit ressaisie. Se levant sans bruit, elle se rendit à la salle de bains et y trouva un peignoir qu'elle enfila. Puis elle récupéra ses affaires et quitta la chambre.

Quand elle eut refermé la porte de la suite voisine, un soupir tremblant franchit ses lèvres. Qu'avait-elle fait ?

Elle aperçut son reflet dans le miroir et tressaillit en découvrant ses cheveux emmêlés, ses joues roses et ses yeux brillants.

Soudain, elle se rappela le moment où Maks avait embrassé ses cicatrices, et refoula farouchement les émotions qui se bousculaient en elle.

Un instant plus tard, Zoe ôtait son peignoir pour entrer dans la vaste cabine de douche, pressée de se débarrasser de l'odeur de Maks. Elle découvrit les marques rouges laissées par la barbe de deux jours, un petit bleu sur sa cuisse…

Il l'avait marquée. Comme si elle lui appartenait.

Cette pensée l'excita. Ce fut plus fort qu'elle.

Elle *désirait* être cette nouvelle femme, avide de plaisir.

Non, elle divaguait. Maintenant qu'il l'avait initiée aux plaisirs de la chair, Maks ne souhaiterait jamais renouveler l'expérience. Leur histoire était terminée.

Après s'être essuyée délicatement, Zoe regagna sa chambre, sortit sa petite valise du dressing et la posa sur le lit. Ensuite, elle retourna dans le dressing, choisit un jean et un chemisier, puis prit le reste de ses affaires - en évitant de regarder la magnifique robe jaune bouton d'or trônant sur un cintre - et les déposa dans son bagage.

Plus tôt elle sortirait de ce pays enchanté, mieux cela vaudrait. Avant de…

Avant quoi ? se demanda Zoe avec stupeur. *Avant de tomber amoureuse de Maks Marchetti ?*

Au même instant, la sonnette tintinnabula. Son cœur s'arrêta de battre. La sonnette retentit de nouveau.

Recouvrant ses esprits, Zoe alla ouvrir… et retint son souffle.

En jean gris foncé et chemise noire, rasé de près et les

cheveux encore humides, Maks lui faisait face, plus somptueux que jamais.

— Bonjour, Maks, dit-elle en redressant le menton. Tu veux quelque chose ?

Malgré son air impassible, il semblait tendu.

— Oui. Je voudrais savoir pourquoi tu as quitté mon lit.

Un violent frisson la parcourut. Il y avait une telle arrogance, dans sa voix. Une telle impériosité. Comme si elle lui appartenait.

— J'ignorais que je devais te demander la permission de sortir.

— Que se passe-t-il, Zoe ? Il y a une heure à peine, tu…

— Je sais très bien ce que je faisais il y a une heure, l'interrompit-elle, les joues en feu.

Maks s'avança dans la suite pour gagner la chambre de Zoe. D'un geste de la tête, il désigna la valise ouverte.

— Tu vas quelque part ?

— Je rentre à Londres. Je crois que cela vaut mieux.

Décidément, elle avait le don de le surprendre… D'habitude, les femmes exploitaient au maximum les moments d'intimité partagés avec lui. Zoe était bien la première à profiter de son sommeil pour déserter son lit. Et maintenant, elle lui annonçait qu'elle rentrait chez elle ?

Un soupçon traversa Maks.

— Je t'ai fait mal ? demanda-t-il, inquiet.

— Non, non, répondit-elle à la hâte. Pas du tout. C'était… fabuleux.

Elle se mordilla la lèvre, l'air soudain effarouché.

— J'ai été surprise… Je me croyais… anormale.

Évidemment, à cause de ce salaud ! Si seulement il avait pu lui régler son compte, à celui-là !

— Tu n'as rien d'anormal, dit Maks en se rapprochant

d'elle. Tu es une femme passionnée. Je l'ai senti dès le jour où je t'ai rencontrée.

Il lui posa la main sur la nuque. Il ressentait le besoin de la toucher.

— C'est vrai ? murmura Zoe.

Comment pouvait-elle ne pas s'en rendre compte ?

— Je crois vraiment qu'il vaut mieux que je m'en aille, poursuivit-elle en reculant d'un pas. Je ne t'intéresse plus, désormais…

— Je sais que tu ne cours pas après les compliments, mais je n'avais encore jamais rien vécu d'aussi intense.

— Parce que j'étais vierge, rétorqua-t-elle, les joues cramoisies. Cela représentait une nouveauté pour toi.

— Ah ? Tu sais mieux que moi ce que je ressens, maintenant ? Eh bien, tu te trompes. Il s'agissait de bien davantage. Nous nous accordons à merveille au lit, nous en avons eu la preuve cette nuit. À moins que toi, tu ne sois plus attirée par moi ?

Si seulement…

— Non, je n'ai pas dit cela, répliqua Zoe. Mais peut-être qu'il vaut mieux arrêter avant que la situation ne devienne trop…

— Trop compliquée ? Ne crains rien, cela n'arrivera pas. Je ne permets jamais que les choses deviennent trop compliquées.

Il paraissait si sûr de lui…

— Je n'ai pas d'expérience en matière de sexe, Maks. Tandis que, toi, tu enchaînes les liaisons, tu avances. J'ai peur de ne pas en être capable. Tu me crois plus forte que je ne le suis. En fait, j'ai peur de tout. C'est pour cela que je ne m'attache à rien.

Doucement, il lui prit la main et s'assit sur le lit avant de l'attirer sur ses genoux.

— Toute ta famille a péri brusquement, Zoe, ce n'est pas étonnant que tu aies peur. Mais tu as survécu.

Il ne savait pas tout. Il ignorait qu'elle se sentait coupable d'avoir survécu, justement. Que cette culpabilité régissait toute sa vie, impactait la moindre de ses décisions.

— Je ne te propose pas de relation à long terme, poursuivit Maks. Je suis un solitaire réfractaire à ce que l'on appelle les « sentiments ». De ton côté, tu confonds sentiments et sexe. Ce que nous avons partagé était intense, mais purement physique.

Mon Dieu, quand il la regardait ainsi, avec cet impossible sourire en coin, elle fondait…

— Tu veux que je te le prouve ? murmura-t-il.

La main posée sur son dos descendit sur ses reins, se glissa sous la ceinture de son jean, caressa sa peau nue.

— Maintenant ? chuchota Zoe.

Elle n'y pouvait rien. Son corps tout entier frémissait, le réclamait.

Maks hocha la tête en même temps qu'il déboutonnait son chemisier. L'instant d'après, il dégrafait son soutien-gorge, puis il referma la main sur un sein et en fit rouler la pointe entre ses doigts, faisant trembler Zoe.

— Laisse-moi te montrer que c'est possible… Fais-moi confiance, Zoe.

« Fais-moi confiance. »

Ces paroles auraient dû la glacer, mais, comme la veille au soir, elle refusa d'y voir un avertissement. La tentation était trop forte. Elle ne désirait que cela : faire confiance à Maks.

— D'accord, murmura-t-elle en lui refermant les bras autour du cou.

Maks regardait Zoe, endormie sur le lit. Allongée sur le dos, le drap remonté jusqu'à la taille, elle semblait paisible. Il contempla les petits seins ronds et fermes aux mamelons rose framboise qu'il avait léchés, cajolés... Il se rappela leur goût, la façon dont ils durcissaient au premier effleurement...

Que lui arrivait-il ? Il ne proposait jamais à une femme de passer plus d'une nuit avec lui. Quand cela se produisait, c'était exceptionnel et uniquement parce que le désir les avait ramenés l'un vers l'autre. Et jamais plus de deux fois. D'où sa détermination à ne fréquenter que des femmes discrètes et indépendantes.

Mais il n'en avait encore jamais rencontré une qui soit aussi indépendante que Zoe.

S'il ne s'était pas réveillé à temps, elle serait en ce moment dans un avion, en route pour Londres. Quand il avait constaté qu'elle lui avait faussé compagnie, Maks avait ressenti une vive irritation. Mêlée d'une sensation inconnue. De... vulnérabilité.

Finalement, ils avaient passé toute la matinée au lit et leurs étreintes avaient été encore plus fabuleuses, plus intenses que les précédentes. Maks ne se lassait pas de voir l'expression de ravissement envahir ses traits fins, tandis qu'elle s'envolait dans l'extase.

Zoe réagissait ainsi parce qu'elle découvrait le sexe. Ce ravissement s'émousserait avant de disparaître tout à fait.

Elle n'était qu'une femme comme les autres.

Zoe souleva l'appareil, se décala légèrement sur la gauche, puis appuya sur le déclencheur.

Ces mosaïques étaient vraiment magnifiques...

Elle était entrée dans la cathédrale après avoir arpenté les rues pendant plusieurs heures, photographiant des inconnus, des lieux. Se concentrer ainsi sur des visages, des sites, lui permettait d'oublier qu'elle s'était laissé persuader de rester alors qu'elle aurait dû partir et retourner à sa petite vie tranquille. En sécurité.

Mais qui espérait-elle leurrer ? Aurait-elle vraiment été

capable de quitter Maks et de rentrer à Londres comme si rien ne s'était passé ? Aurait-elle vraiment retrouvé sa vie d'avant ?

Zoe n'était pas naïve à ce point. Elle ne pourrait jamais oublier Maks. Il l'avait marquée de son empreinte, physiquement et émotionnellement. D'où sa décision de s'en aller. De fuir le danger. Sauf qu'il n'avait pas fallu grand-chose pour la convaincre de rester.

La veille, ils avaient passé toute la journée au lit. Puis il avait disparu dans la soirée - sans doute pour se consacrer à ses affaires et rattraper le temps perdu avec elle. Quant à Zoe, elle s'était contentée de prendre une douche et de retourner se coucher, trop épuisée pour faire quoi que ce soit.

Maks l'avait réveillée quelques heures plus tard en se glissant dans le lit et en l'attirant contre son corps nu et chaud. Et terriblement viril. Il n'avait pas prononcé un mot, se servant de ses lèvres et de ses mains pour exprimer l'urgence et l'intensité de son désir, embrasant Zoe tout entière. Gagnée par une témérité inconnue, elle s'était installée sur lui avant de le chevaucher, d'abord avec maladresse, puis de plus en plus hardiment.

Jusqu'à ce que son merveilleux amant la prenne par les hanches et dirige les opérations, comme pour montrer que c'était lui qui détenait le contrôle. Peu importait, elle s'était donnée volontiers à lui, corps et âme.

Zoe soupira, sortit de la cathédrale et cligna des yeux, éblouie par le soleil.

— Ah, tu es là.

Interdite, elle fit volte-face. Une joie immense l'envahit, impossible à refouler.

— Comment m'as-tu trouvée ?

— J'ai appelé le chauffeur, tout simplement, répondit Maks en montrant le smartphone qu'il tenait à la main.

Ah… Zoe poussa un soupir faussement résigné. Il était

trop beau, trop attirant, trop sexy. Surtout dans ce costume trois-pièces anthracite.

— J'ai demandé aux jeunes créateurs d'envoyer quelques robes à l'hôtel pour que tu en choisisses une.

— Mais je ne suis pas mannequin, protesta-t-elle en se dirigeant avec lui vers la voiture. Et je suis beaucoup trop petite - ces robes ne m'iront pas.

— J'ai précisé tes mensurations.

Évidemment…

— Je ne voudrais pas les décevoir, insista Zoe, mais… si je ne mets pas en valeur la robe que j'aurai choisie… ce sera vraiment dommage pour son créateur, non ?

Surpris, Maks observa Zoe quelques instants. Une sensation étrange frémissait dans sa poitrine. Elle ne jouait pas la comédie. Elle était réellement inquiète…

— Laisse-moi en juger, d'accord ? déclara-t-il en souriant. C'est ma réputation qui est en jeu, après tout. Et celle du Marchetti Group.

Comme elle se mordillait la lèvre, il dut faire un effort pour ne pas la prendre dans ses bras et l'embrasser à pleine bouche. Là, dans la rue. Au milieu des passants…

— Cesse de te mordiller la lèvre, dit-il d'une voix rauque. C'est à moi de le faire. En privé.

Elle rosit, mais laissa sa lèvre tranquille, Dieu merci…

La robe jaune bouton d'or était somptueuse, mais celle-ci… Jamais Zoe n'aurait osé rêver de porter une toilette aussi spectaculaire.

Faite de soie et de tulle, elle était dotée d'un décolleté vertigineux plongeant jusqu'au nombril, tandis que le bustier était maintenu par deux fines bretelles qui se croisaient sur le dos… À partir de la taille, le tulle transparent et aérien, de la même teinte rose fuchsia, flottait sur le jupon de soie.

Au moindre mouvement, les centaines de minuscules paillettes en forme d'étoiles chatoyaient, cousues à la main sur l'étoffe.

La créatrice était venue elle-même lui apporter des accessoires, accompagnée d'amis, un homme et une femme, qui l'avaient coiffée et maquillée.

Avec son chignon haut, style bohème chic, Zoe se sentait encore plus à nu. Mais pour la première fois, ses cicatrices ne la préoccupaient pas trop. Elles étaient là, comme une part de sa personnalité.

Pour tout bijou, elle portait une fine chaîne en or blanc qui descendait entre ses seins, ajoutant une touche sobre et élégante à l'ensemble.

Des coups furent soudain frappés à la porte. Zoe saisit la pochette en soie posée sur la table et alla ouvrir, le cœur battant la chamade.

Maks avait choisi un smoking blanc, une chemise blanche et un nœud papillon noir. Elle le regarda, la bouche sèche. Le blanc faisait ressortir le teint hâlé.

Lentement, le regard gris descendit sur son corps, remonta et s'arrêta sur son buste.

— Qu'y a-t-il ? demanda Zoe, paniquée. La couleur est trop voyante, c'est cela ? Le décolleté trop provocant…

Un son haché franchit les lèvres de Maks, mi-rire mi-râle.

— Comme tu dis…

Devinant sans doute à son expression qu'elle allait perdre toute son assurance, il lui tendit la main et sourit.

— Non, tu es parfaite. Et tu ne seras pas la plus décolletée de l'assemblée, ne t'en fais pas. J'ai réagi ainsi parce que… tu es plus que belle, Zoe. Tu es… éblouissante.

— Oh…, murmura-t-elle, un peu rassurée.

Elle leva la main pour effleurer son chignon.

— C'est la coiffeuse qui a…

— Je te l'ai déjà dit : tu n'as pas à te cacher, l'interrompit Maks en lui caressant la joue du bout des doigts.

Envahie par une émotion inconnue, Zoe se détourna pour prendre la veste courte, type boléro, assortie à la robe, puis glissa le bras sous le sien, tout en évitant de croiser son regard.

Le soir de la première du *Lac des cygnes*, Maks avait ignoré les paparazzis, mais cette fois, il s'arrêta sur le tapis rouge tandis qu'ils étaient mitraillés par les flashs.

À moitié aveuglée, Zoe s'interdit néanmoins de fermer les yeux et carra les épaules. Elle sentait la tension de Maks. Il détestait s'exposer ainsi à l'avidité des journalistes, mais se l'imposait à cause de son statut.

Une fois à l'intérieur du bâtiment où la soirée avait lieu, un vieil entrepôt désaffecté situé dans la banlieue de Saint-Pétersbourg, elle se tourna vers Maks qui regardait devant lui, l'air absent, les mâchoires crispées.

— Maks… *Maks* ?

Il la dévisagea, le regard vide. Comme s'il avait oublié sa présence. Ou qu'il ne la reconnaissait pas.

— Tu peux me lâcher la main ? Tu me fais presque mal…

Les yeux gris s'animèrent.

— Bien sûr. Excuse-moi.

— Pourquoi t'es-tu arrêté pour les photographes ? demanda Zoe, intriguée.

— Parce que j'ai beau les mépriser, ils contribuent à la promotion de nos marques. Et à faire découvrir ces jeunes créateurs dont nous soutenons le travail. Mais je ne leur accorderai jamais plus de quelques secondes, tu peux me croire.

L'ombre d'un sourire passa sur sa belle bouche sensuelle.

— Si Nikos était là, et encore célibataire, il paraderait encore sur le tapis rouge.

— Et Sharif ? répliqua-t-elle, heureuse de le voir se détendre.

— Il réagit comme moi. Lorsque notre père l'a enlevé…

Elle le dévisagea, interloquée.

— Il a été *enlevé* ?

— Oui, tu as bien entendu, dit Maks en hochant la tête. Lorsqu'elle a compris que Domenico l'avait épousée uniquement pour sa dot, la mère de Sharif l'a emmené dans son pays, en Arabie. Il a vécu là-bas avec elle pendant neuf ans. À sa majorité, notre père est allé le chercher, faisant valoir ses droits paternels. Tu imagines ? Le mystérieux fils aîné de Domenico Marchetti surgissant de nulle part, mi-arabe, mi-italien… Sharif s'est retrouvé la cible des médias du jour au lendemain. Et cela n'a jamais cessé depuis.

Eh bien… Les fils Marchetti avaient vécu de drôles de choses… Zoe s'apprêtait à questionner Maks, quand un serveur leur proposa du champagne.

Maks prit deux coupes et lui en tendit une.

— *Na zdorovié.*

— *Nostrovi…*

— Pas mal, acquiesça-t-il en souriant.

Après avoir entrechoqué leurs coupes, ils en burent une gorgée, les yeux dans les yeux. Ceux de Maks s'étaient comme réchauffés et lui faisaient du bien. Il diffusait en elle leur douce chaleur.

Détournant à regret le regard, Zoe observa les lieux. Le vieil entrepôt dégageait une atmosphère de style industriel vintage. Sur les podiums en métal patiné répartis dans le vaste espace, les mannequins allaient et venaient, scrutés par les invités qui consultaient en même temps leur brochure.

Elle repéra Oksana, la créatrice de sa robe, debout à côté du podium sur lequel était présentée sa collection. Zoe reconnut son style, aérien et romantique.

Un couple s'avança vers Maks et ensuite une foule de personnes vinrent le saluer ou bavarder avec lui. Zoe aurait été ravie de rester en retrait, mais dès qu'elle tentait de s'éloigner, il la retenait par la main et la présentait à de nouvelles personnes. En russe, bien sûr, ou dans une autre langue qu'elle ne connaissait pas davantage.

Après le lycée, elle aurait très bien pu s'inscrire à l'université, mais elle y avait renoncé. Ben, son frère, n'en ayant pas eu la possibilité, elle estimait ne pas avoir le droit de faire des études.

— Zoe ? Ça va ?

Elle se tourna vers Maks et s'aperçut qu'il était seul. Ses innombrables admirateurs, et admiratrices, ainsi que les flatteurs, avaient disparu. Pour l'instant, du moins.

— Oui, très bien, répondit-elle avec un grand sourire.

— Menteuse, murmura-t-il en lui reprenant la main. Un jour, tu me diras à quoi tu penses quand tu t'absentes tout à coup.

Ainsi, il avait remarqué qu'elle était ailleurs… Ce constat la rassura et l'inquiéta tout à la fois. Maks voyait tout. Or elle avait des secrets.

— Désolée de te décevoir, répliqua Zoe d'un ton enjoué. Mais je ne pensais à rien de spécial !

Maks ne fit aucun commentaire, pourtant, à en juger par la lueur qui traversa son regard, il n'était pas dupe.

— On leur fausse compagnie ? proposa-t-il avec calme.

— C'est possible ?

— Je suis expert dans l'art de me montrer, de parler aux bonnes personnes, et de m'éclipser, répondit-il en souriant.

Il la contempla de la tête aux pieds, avant d'ajouter :

— Et puis, j'ai fantasmé toute la soirée que je déchirais ces deux fines bretelles et t'ôtais cette robe en deux secondes.

La chaleur se déploya en Zoe, s'insinua dans les endroits les plus intimes de son corps.

— Pas question, dit-elle dans un souffle. J'ai promis à Oksana de prendre le plus grand soin de sa robe.

— Oksana ? demanda-t-il en haussant un sourcil.

— L'une des créatrices dont tu soutiens le travail.

Il roula des yeux.

— OK. Je n'abîmerai pas sa robe.

L'émotion inconnue rejaillit en Zoe, accompagnée d'une délicieuse sensation de légèreté. De joie. Elle refoula le tout. Ce genre d'émotion était malvenu. Il s'agissait de sexe. De rien d'autre.

— Viens, dit Maks en l'entraînant vers la sortie. C'est notre dernière nuit à Saint-Pétersbourg et je veux t'emmener dans un endroit spécial.

Après un court trajet, le chauffeur s'arrêta devant un immeuble imposant de style baroque, et dont les immenses portes en chêne s'ouvrirent sur un homme en costume sombre équipé d'une oreillette. Il salua Maks avec déférence, s'inclina légèrement devant Zoe, avant de s'effacer pour les laisser entrer dans une salle d'où se dégageait une aura de mystère, due entre autres à l'éclairage tamisé. Elle aperçut des alcôves contenant des banquettes recouvertes de velours grenat. Des bougies éclairaient à demi les visages. De la musique jouait en sourdine.

Une femme aux cheveux blond platine, grande et svelte, s'avança vers eux afin de les conduire vers l'une des alcôves.

Zoe s'assit sur la banquette avec l'impression de remonter dans le temps, à l'époque de la Russie des tsars. La nourriture qu'on leur servit renforça cette impression : petits pâtés croustillants au fromage, blinis au caviar. Côté sucré, du gâteau au miel et des truffes au chocolat noir à la russe. Le tout accompagné de vin blanc moelleux.

Une véritable ivresse gagna peu à peu Zoe. À cause du vin, mais surtout de la proximité de Maks. Assis à côté d'elle, il lui glissait la nourriture entre les lèvres et veillait à ce qu'elle goûte à tout. Un bras étendu sur le dossier du sofa, il lui caressait la nuque, la faisant trembler de désir.

— Non, je ne peux plus avaler une seule bouchée, protesta-t-elle quand il lui présenta une nouvelle truffe.

— Pas de problème. Je la mange.

Maks la glissa entre ses propres lèvres et la savoura en souriant. Il avait défait son nœud papillon qui pendait d'un côté et déboutonné les premiers boutons de sa chemise, dévoilant la gorge à la peau mate.

La sensation de légèreté et de joie ressentie un peu plus tôt envahit de nouveau Zoe. La chaleur frémit entre ses cuisses. Maks baissa les yeux sur ses seins, puis lui souleva le menton avant de l'embrasser avec passion.

Elle se pressa contre lui et referma les doigts sur la nuque puissante. Au même instant, il prit un sein dans sa main et en caressa la pointe à travers la soie…

— Je veux te goûter, dit-il en redressant soudain la tête. Maintenant.

Zoe tressaillit, choquée par l'intensité du plaisir provoqué par ces paroles. Avec un sourire, Maks laissa retomber son bras. Comme par magie, l'hôtesse apparut avec l'addition.

Une fois installée à l'arrière du luxueux véhicule, Zoe se sentit brusquement dégrisée. Tout lui paraissait limpide comme du cristal. Et le retour à l'hôtel ne dura que le temps d'un éclair.

Dès qu'ils arrivèrent dans la suite de Maks, il ôta sa veste de smoking et sa chemise, avant de faire glisser pantalon et caleçon sur ses hanches.

Zoe se débarrassa de ses sandales et, sans réfléchir, s'agenouilla devant lui, sa robe s'étalant autour d'elle comme une corolle de tulle et de soie.

— Zoe… qu'est-ce que tu…

Sans lui répondre, elle prit la puissante érection dans sa main et pencha la tête pour en caresser l'extrémité du bout de la langue. Maks enfouit les doigts dans ses cheveux tandis qu'elle posait les mains sur ses cuisses et continuait sa lente exploration. Le membre viril était si doux, si ferme sous ses lèvres…

Elle sentit un tremblement parcourir Maks ; il bascula les hanches en avant, comme si tout contrôle lui échappait. Mais lorsque Zoe le prit dans sa bouche, il recula en poussant un juron étouffé.

Comme elle redressait la tête, surprise, il l'aida à se relever, glissa les mains sous sa robe et saisit la minuscule culotte en dentelle de soie qui atterrit sur le tapis.

Ensuite, il souleva Zoe et lui appuya le dos contre la porte.

— Enroule tes jambes autour de ma taille, dit-il d'une voix rauque.

Sans perdre de temps en préliminaires, Maks la pénétra d'un coup de reins vigoureux, lui arrachant un cri de volupté. Accrochée à lui, Zoe se mit à haleter. Les coups de reins se succédaient, à un rythme de plus en plus sauvage.

Soudain, elle fut emportée à des hauteurs insoupçonnées, jusqu'à un ultime sommet… Elle poussa un cri, puis sombra dans la jouissance, le corps entier agité de spasmes incontrôlables.

Quand elle recouvra ses esprits, Maks s'était retiré avant de jouir lui-même. Confusément, Zoe lui fut reconnaissante d'avoir eu le réflexe de la protéger. De son côté, elle n'y avait même pas songé.

La serrant contre lui, il l'emporta dans la chambre, la déshabilla, et, main dans la main, ils allèrent prendre une douche ensemble.

Avec une délicatesse inouïe, il lui étala du savon liquide sur tout le corps, puis lui lava les cheveux.

Après l'avoir essuyée avec une immense serviette blanche, il saisit l'un des peignoirs accrochés à la porte, en enveloppa Zoe et, lui prenant la main, l'entraîna doucement vers la chambre.

Là, elle s'étendit sur le lit, épuisée et repue.

Sans doute s'était-elle endormie, car elle se réveilla en

sursaut et se redressa sur son séant, un peu entravée par le volumineux peignoir en tissu-éponge. Elle se rappela alors l'accouplement frénétique contre la porte de la suite. Le goût de Maks. La sensation du membre excité dans sa bouche…

Se demandant où il était, Zoe se leva et sortit de la chambre ; elle le trouva debout devant la fenêtre du salon. En pantalon mais torse nu. Dehors, la ville s'était assoupie, ses lumières clignotant doucement au loin.

Comme elle approchait, Maks se retourna vers elle.

— Excuse-moi pour tout à l'heure… Je suis plus… civilisé, d'habitude.

— Tu ne m'as pas fait mal, répliqua-t-elle, surprise.

— Peut-être pas, mais…

— J'ai aimé ce qui s'est passé.

Voilà qu'elle rougissait comme une adolescente…

— C'est vrai ? fit Maks avant de l'enlacer.

Avec un sourire, elle hocha la tête. Mais l'émotion qui frémissait dans son cœur l'effrayait. Maks était si différent de son ex… Il craignait de lui avoir fait mal alors que Dean n'avait pas répugné à recourir à la violence.

— Je suis petite mais pas fragile, Maks, murmura-t-elle.

Et elle était prête à revivre l'expérience…

— Nous avons encore beaucoup de choses à explorer ensemble, dit-il. Nous quittons Saint-Pétersbourg demain, mais notre… aventure n'est pas terminée, Zoe.

Que voulait-il dire, exactement ?

— Je dois aller à Venise, pour deux jours, et si tu le désires, mon pilote te ramènera à Londres. Mais j'aimerais que tu m'accompagnes.

Les battements de son cœur redoublèrent. Il était tentant d'accepter. Et pourtant, le plus sage serait de se séparer de Maks dès maintenant, pour retourner à sa vie normale. Il lui fallait redescendre sur terre, loin de cet univers magique.

Mais… serait-ce mal d'y rester encore un peu ? Un tout petit peu ? Elle ne se faisait pas d'illusions. Maks ne lui offrait qu'une aventure éphémère. Ce qui lui convenait parfaitement à elle aussi.

Elle se mentait, s'avoua Zoe. Pourtant elle refusa de se fustiger. Pour une fois, elle pouvait bien se faire plaisir, non ? Les reproches, ce serait pour plus tard, quand elle se retrouverait seule dans son minuscule appartement de l'East End.

— OK. Je t'accompagne à Venise.

Maks lui offrit l'un de ses magnifiques sourires.

— Parfait. En attendant, la nuit est à nous…

8.

Assise à côté de Maks à l'arrière du bateau-taxi, Zoe contemplait les magnifiques palais qui bordaient le Grand Canal de chaque côté. Le soleil inondait les majestueuses façades ocre clair, jaunes, roses, orangées… L'atmosphère qui se dégageait de cette ville avait quelque chose de féerique.

— Tu es impressionnée…

— Oui, très, murmura Zoe. J'avais déjà vu des photos du Grand Canal, bien sûr, mais aucune ne traduisait la beauté qui émane de ce somptueux panorama…

Ralentissant, leur chauffeur se dirigea nonchalamment vers un *palazzo* très ancien mais superbement entretenu. Lorsqu'il gara l'embarcation à côté d'un ponton de bois, un homme en uniforme noir à boutons dorés apparut aussitôt et vint aider Zoe, puis Maks, à descendre du bateau.

Quelques instants plus tard, ils pénétraient dans le hall de l'hôtel et furent accueillis avec empressement par le directeur qui s'inclina devant Zoe. Après s'être entretenu avec Maks en italien, il les invita à le suivre, entra avec eux dans l'ascenseur de style rococo, et les conduisit lui-même jusqu'à une suite d'un luxe inouï.

Quand le directeur se fut éclipsé discrètement, elle resta immobile sur le seuil et contempla les lustres en cristal, les fresques courant sur les murs et le plafond… Médusée, elle promena son regard sur les revêtements en marbre clair, les vases et les lampes en verre de Murano, les tapis orientaux recouvrant çà et là le parquet satiné.

— Cette suite t'appartient ? demanda-t-elle en se tournant vers Maks.

Il haussa les sourcils, l'air un peu embarrassé.

— Tu es propriétaire de tout l'hôtel…, murmura Zoe.

Lentement, elle s'avança vers la large porte-fenêtre donnant sur le balcon qui surplombait les eaux paisibles du Grand Canal.

— À quoi penses-tu ? fit Maks en la rejoignant.

— Ce doit être extraordinaire…

— Extraordinaire ?

— Oui, d'entrer dans ce palais en sachant qu'il t'appartient… Personnellement, j'ai du mal à le concevoir, tandis que, toi, tu as toujours connu cela…

Il haussa les épaules puis posa les mains sur la balustrade, le regard perdu au loin.

— J'ai grandi entouré de privilèges, je ne peux pas dire le contraire. Mais si j'avais pu échanger ce que ma sœur et moi vivions contre une existence plus modeste, je l'aurais fait sans hésitation.

— C'était si horrible ?

— Oui, répondit-il sombrement.

Zoe hocha la tête en silence, pensant à sa propre enfance.

— J'ai perdu mes parents et mon frère. Et ça a été horrible aussi. Mais j'ai eu la chance de vivre huit années merveilleuses avant leur disparition.

— Vous viviez à Dublin ? demanda Maks, tournant le dos au Grand Canal.

— Oui, nous avions une belle maison qui surplombait la mer, au sud de la ville. J'adorais m'asseoir dans le jardin d'hiver et regarder le ciel changer au-dessus de la mer, surtout quand il y avait de l'orage. Tout se déchaînait dehors, mais moi je me sentais en sécurité, protégée… Je croyais que rien de mauvais ne pourrait jamais m'arriver.

Maks tendit la main et suivit la petite cicatrice du bout des doigts, juste au-dessus de sa lèvre.

— Et pourtant, le malheur s'est abattu sur toi.

Maks l'enlaça et referma les bras autour de son buste, mais Zoe le repoussa, de crainte de se laisser submerger par l'émotion qui lui nouait maintenant la gorge.

— Excuse-moi, dit-elle sans le regarder. Je vais aller faire un brin de toilette.

Maks regarda Zoe rentrer dans la chambre, prendre son sac à main et disparaître dans la salle de bains. L'émotion qui avait embué les beaux yeux bleu-vert l'avait atteint en plein cœur. Si bien qu'il s'étonnait à peine d'avoir été repoussé.

Il se retourna pour contempler le Grand Canal où se croisaient deux gondoles. Que lui arrivait-il, bon sang ? Depuis sa rencontre avec Zoe, il éprouvait des sensations inédites.

Décidément, cela frisait le ridicule. Il s'agissait de désir charnel, voilà tout. Un désir intense, certes, mais dénué de toute émotion. Une simple réaction physique.

Un bruit de pas l'arracha à ses pensées. Zoe était de retour, vêtue d'un pantalon corsaire bleu denim et d'un chemisier blanc. Et chaussée de ses vieilles baskets. Les cheveux détachés, à peine maquillée, elle paraissait encore plus jeune, plus fraîche – plus belle.

— Je vais faire un tour et prendre quelques photos, dit-elle en soulevant l'appareil qu'elle tenait à la main. Tu as sans doute des tas de rendez-vous ?

Seigneur, cette fichue indépendance ! Et alors ? Il aurait dû être soulagé qu'elle ne s'accroche pas à lui, non ?

— En fait, je n'ai rien d'important de prévu aujourd'hui, répondit Maks d'un ton détaché. Je t'accompagne.

L'adorable roseur colora les hautes pommettes.

— Tu es sûr que tu peux ?

— Tu ne veux pas que je te serve de guide ?

Elle le contempla un instant en silence.

— Je suis ravie que tu m'accompagnes.

Quelques heures plus tard, Zoe se sentait à nouveau ivre. De la beauté de Venise, des pâtes succulentes suivies d'une délicieuse crème glacée. Et de Maks.

Elle venait de prendre une photo de lui - en cachette - au moment où il s'arrêtait au milieu d'un pont. Il paraissait chez lui, dans la Cité des Doges. Sans doute avait-il été un prince vénitien dans une autre vie. Un prince décontracté en jean noir et polo gris foncé mettant en valeur son corps d'athlète. Des lunettes de soleil d'aviateur complétaient le look, lui donnant l'air de sortir tout droit du dernier numéro de *Vogue Italie*.

Lorsqu'il se tourna soudain vers elle et lui tendit la main, Zoe tressaillit douloureusement. Son beau prince la trouvait attirante, mais cela ne durerait plus longtemps, à présent.

Elle se laissa néanmoins entraîner dans un dédale de ruelles pittoresques, mais sans parvenir à se détendre. Parce qu'elle ne pouvait plus se le cacher : en dépit de sa méfiance et de ses meilleures intentions, elle avait succombé au charme de cet homme superbe. Elle était tombée amoureuse de Maks.

Ce qu'elle avait éprouvé pour Dean n'était qu'une pâle imitation en comparaison. Un brouillon, en quelque sorte. Elle s'était investie dans cette relation pour échapper à la solitude et parce qu'elle le connaissait depuis l'adolescence. Avec lui, elle s'était sentie en sécurité. À tort.

Au contraire, ce qu'elle éprouvait pour Maks n'avait rien à voir avec la solitude ou la faiblesse. C'était un sentiment fort, passionné. Une émotion incontrôlable et essentielle. Or Zoe savait que, lorsque viendrait le moment de la séparation, la souffrance qu'elle devrait endurer serait comparable à celle ressentie à la mort de sa famille.

— À quoi ressemblait la maison où tu as grandi ? demanda Zoe en sirotant son apéritif.

— Pas à celle où tu as eu la chance de passer ton enfance,

répliqua Maks. Il s'agissait d'un *palazzo*, à Rome. Magnifique mais austère. Et sans vue sur la mer. Nous n'avions le droit de toucher à rien parce que le moindre objet avait une valeur inestimable. Un jour, alors que nous jouions, Sasha et moi, ma sœur a cassé un vase. Un Ming, probablement.

Zoe ouvrit de grands yeux surpris.

— Notre père est sorti de son bureau et quand il a vu ce qui s'était passé, il a ôté sa ceinture en cuir et a demandé qui était le coupable.

Cette fois, elle le dévisagea d'un air horrifié.

— Sasha s'est avancée d'un pas. Elle avait neuf ans. Et elle pensait qu'il n'oserait pas lever la main sur elle. Mais je connaissais mon père et savais déjà de quoi il était capable. Alors je l'ai poussée derrière moi et j'ai dit que j'avais cassé le vase.

— Il t'a frappé avec la ceinture ?

Maks tira sur le col de son polo pour lui montrer la cicatrice presque effacée, juste au-dessus de la clavicule. Elle tendit la main et l'effleura doucement, le faisant frémir.

— Je ne l'avais pas remarquée, murmura-t-elle en plissant le front.

— Mon père s'est arrêté quand je lui ai arraché la ceinture de la main et me suis mis à le frapper avec. J'avais quatorze ans et j'étais presque aussi grand que lui. Il n'a plus jamais recommencé.

— Comment savais-tu qu'il serait capable de frapper une petite fille ?

Il serra les mâchoires.

— Parce que je l'avais vu corriger l'une de nos jeunes bonnes. Et frapper notre mère, avant leur divorce.

— Je suis désolée que tu aies été témoin de ces horreurs.

— Je crois que j'aurais aimé ta maison de Dublin, dit Maks en lui prenant la main.

— Je ne l'ai jamais revue après l'accident, répliqua Zoe avec un sourire triste. Le notaire m'a proposé d'y retourner pour prendre des affaires, mais je n'ai pas pu… Tout a été entreposé dans un garde-meubles. Mais je n'y suis jamais allée non plus. Par lâcheté, je suppose.

Ému, Maks lui souleva doucement le menton.

— Tu es tout sauf lâche, Zoe.

Le cœur de Zoe battait fort dans sa poitrine. Pourquoi se confiait-elle ainsi à Maks ? Jamais elle n'évoquait le passé. Avec personne.

— Viens, allons-nous-en, fit-il.

Sans lui poser de questions, Zoe le suivit dans un nouveau dédale de ruelles, jusqu'à ce qu'ils débouchent sur une charmante petite place bordée d'un côté par une imposante église.

Soudain, elle entendit une voix chanter et s'arrêta net. Puis, traversant la place, elle aperçut des affiches annonçant une représentation de *La Traviata*, son opéra préféré, pour le lendemain soir. La voix de soprano était plus distincte, à présent. Toute proche.

Zoe se retourna vers Maks et ensemble ils entrèrent dans l'église.

Les artistes évoluaient sur une large scène, en costumes, mais sans maquillage.

— Ce doit être la générale, chuchota-t-elle à Maks. Tu veux bien qu'on reste un moment ?

Il hocha la tête et lui reprit la main, puis s'avança vers un petit escalier étroit qui montait en colimaçon vers un balcon. De là, ils voyaient tout l'intérieur de l'église et la totalité de la scène.

La musique enfla, se déploya dans l'espace, se propagea en Zoe. La soprano avait une voix magnifique, passionnée et émouvante, qui lui allait droit au cœur.

Lorsque chanteurs et musiciens s'arrêtèrent pour faire une pause, elle laissa échapper un soupir.

— Tu me surprends sans cesse, dit Maks avec un sourire. Le public viendra les écouter demain en robes de soirée et smokings, mais toi, tu préfères assister à la répétition générale en baskets, hein ?

Zoe hocha la tête. Il l'attira contre lui et déposa un léger baiser sur ses lèvres.

— Retournons à l'hôtel, murmura-t-il.

Ils rentrèrent en gondole, au moment où le soleil se couchait derrière les palais, baignant le ciel et le Grand Canal d'une somptueuse lumière rose doré.

Ce tableau resterait gravé à tout jamais dans sa mémoire, songea Zoe, le cœur serré.

La porte de la suite à peine refermée, Maks prit Zoe dans ses bras musclés pour l'emporter dans la chambre. La porte-fenêtre était ouverte, les rideaux ondulaient doucement, soulevés par la brise tiède.

Maks la reposa sur ses pieds et se déshabilla à la hâte. Mon Dieu, elle ne se lasserait jamais de le regarder…

— À toi, maintenant…, dit-il d'une voix rauque en se redressant devant elle dans sa splendide nudité.

Il déboutonna le chemisier de Zoe, en écarta les pans, puis dégagea ses seins de la dentelle et effleura les pointes durcies qui réclamaient ses caresses. Lentement, il se pencha et les lécha tour à tour du bout de la langue, avant de les aspirer goulûment entre ses lèvres, tandis que Zoe renversait la tête en arrière et haletait sans retenue.

Chemisier et soutien-gorge échouèrent bientôt sur le tapis. À côté des sandales qu'elle repoussa du pied. Son pantalon glissa sur ses jambes. Maks déchira la culotte de dentelle. La même impatience empreignait leurs mouvements, le même désir les consumait.

Et le même plaisir les inonda lorsque Maks la pénétra d'un mouvement fluide. La même volupté leur arracha des plaintes rauques à mesure que les coups de reins se faisaient plus puissants, plus sauvages.

Ils sombrèrent dans la jouissance ensemble, crièrent au même instant.

Les sensations qui éblouirent Zoe furent si intenses qu'elle en eut le souffle coupé. Accrochée aux solides épaules de son amant, elle s'abandonna à la tempête qui les submergeait tous deux.

Maks écarta doucement le bras mince et doux posé en travers de sa poitrine, puis descendit du lit en veillant à ne pas réveiller Zoe. Elle se tourna sur le flanc en murmurant des mots indistincts, poussa un soupir ; ses paupières frémirent mais restèrent closes.

Lentement, il traversa la chambre et ouvrit la porte-fenêtre, savourant la fraîcheur de la brise du petit matin. Il se sentait… assouvi. Et prêt à reprendre leurs ébats passionnés. Il ne se lasserait jamais de cette femme…

Il entendit un léger bruit derrière lui et sourit, imaginant Zoe nue sur le drap blanc, offerte…

Clic. Il se retourna, le sourire toujours aux lèvres, et la vit, assise sur le lit, l'appareil devant le visage.

Elle le prenait en photo.

— Que fais-tu ?

Clic. Ce fut comme s'il se réveillait d'une transe. Elle le photographiait. Nu.

— Que fais-tu ? répéta Maks, sèchement.

Elle baissa l'appareil. La vue de ses seins magnifiques ne provoquait pas le moindre émoi en lui. La réalité venait de reprendre ses droits, dure et froide.

— Je me suis réveillée et je t'ai vu… Tu étais si beau dans la lumière… Alors j'ai… Je n'ai pas…

— Pose cet appareil, Zoe.

L'air confus, elle s'exécuta.

— Je suis vraiment désolée, Maks. Je n'ai pas réfléchi. Tu étais si beau… J'ai agi d'instinct, tu comprends ?

Il eut l'impression de se réveiller d'un rêve merveilleux. Et d'avoir froid. Partout.

— Je vais prendre une douche.

— Maks… ?

La voix qu'il trouvait si mélodieuse lui parut soudain fausse.

Quelques instants plus tard, Maks offrait son corps au jet brûlant mais sans parvenir à se réchauffer. Il songea aux messages qui devaient s'être accumulés dans sa boîte vocale, après qu'il eut reporté tous les rendez-vous prévus la veille.

Il n'avait jamais provoqué de scandale ni fait la une de la presse people comme Nikos. Ce n'était pas son genre. La discrétion avait toujours été sa devise, sa ligne de conduite.

Les photos de lui et Zoe devaient s'étaler sur les pages de tous les tabloïdes. Ils s'étaient montrés ensemble à maintes reprises. Et s'il ne se trompait pas, un paparazzi les avait suivis la veille. Maks ne s'en était même pas inquiété.

Il avait fallu qu'*elle* le prenne en photo pour le faire redescendre sur terre. Pour qu'il comprenne qu'il l'avait laissée envahir tout son espace. Toute sa vie.

Mais à présent, c'était terminé. Il sortit de la douche, s'enroula une serviette autour des hanches et contempla son reflet dans le miroir.

Qu'est-ce qu'il lui avait pris de s'impliquer ainsi avec cette femme alors qu'ils finiraient de toute façon par se séparer ?

Une seule personne comptait vraiment pour lui. Sasha. Dès qu'il avait été en âge de la protéger, il l'avait emmenée loin de leur père. Domenico était mort peu de temps après. Mais même si ce dernier avait vécu plus longtemps, il n'aurait pas remarqué l'absence de sa fille. Parce que Sasha n'était pas de lui.

Ce que Maks éprouvait pour Zoe, c'était du désir. Brut, passionné mais passager.

À présent, il devait se ressaisir. Finies, les flâneries dans les ruelles vénitiennes main dans la main. Les promenades en gondole. Terminés, les baisers échangés en public. Tout cela n'était qu'illusion. Mirage.

Avant Zoe, Maks ne s'était jamais attaché à aucune femme. Avec elle, ça avait été différent. *Elle* était différente. Il aurait du mal à l'oublier mais son souvenir s'estomperait peu à peu. De toute manière, il n'avait pas le choix, car il n'avait rien de plus à lui offrir, tout simplement.

Zoe resta assise sur le lit un long moment. Pas la peine d'être un génie pour comprendre que sa relation avec Maks venait de basculer.

Elle n'aurait pas dû le prendre en photo. Seulement, quand elle s'était réveillée et l'avait vu devant la porte-fenêtre ouverte, les rideaux ondulant doucement de chaque côté de son corps magnifique, semblable à une statue antique, elle s'était demandé si elle rêvait.

L'instant d'après, elle soulevait son appareil-photo et appuyait sur le déclencheur. Maks s'était retourné vers elle en souriant et elle avait de nouveau appuyé.

Ça avait été un réflexe. Comme la toute première fois.

Zoe se leva, rassembla ses vêtements épars sur le tapis et les emporta dans la seconde salle de bains. Là, elle prit une douche bien chaude, sans que l'eau parvienne à chasser la tension qui avait pris possession de tout son être.

Quand elle s'enveloppa dans une grande serviette blanche, elle se rendit compte qu'elle avait oublié l'essentiel : les moments qu'elle vivait avec Maks étaient éphémères. Leur histoire, aussi fabuleuse que nécessairement brève, relevait de l'illusion.

Un frisson glacé lui parcourut le dos. Avec lui, elle avait été heureuse, elle s'était sentie en sécurité. Comme autrefois, avant que son univers vole en éclats et qu'elle perde tout ce qu'elle avait connu et aimé.

Elle s'habillait lorsqu'elle entendit Maks parler dans le salon. Si l'idée de se retrouver face à lui la faisait frémir, elle se résolut à le rejoindre. Il marchait de long en large, le smartphone collé à l'oreille et en costume trois-pièces. À son attitude d'homme d'affaires distant, elle comprit que leur lien s'était irrémédiablement brisé.

Il continuait de parler en italien, sans lui prêter attention. Soudain, il fit un geste en direction de la table où il y avait du café, des croissants et autres viennoiseries, des fruits, des céréales et un pichet de lait. Mais Zoe n'avait pas faim.

Sur la table, il y avait aussi des journaux, dont elle saisit le premier de la pile, un quotidien italien de qualité. Aussitôt, un tremblement la saisit. Une photo d'elle et de Maks s'étalait en première page, prise au théâtre Mariinsky. Une autre lui succédait, les montrant arrivant à la séance photo. Sur la troisième, elle regardait Maks en souriant, tandis qu'il l'aidait à monter à bord de la gondole qui, la veille, les avait ramenés à l'hôtel.

Zoe se laissa tomber sur une chaise, accablée. Pourtant, elle aurait dû s'y attendre. Ils ne s'étaient pas cachés…

Maks ayant mis fin à l'appel, elle le regarda un instant en silence. Envolé, le compagnon charmant, détendu et souriant. Elle avait devant les yeux un magnat à la mine sombre, à l'air préoccupé. De toute évidence, il était pressé de s'en aller.

— Tout va bien, Maks ?

Il glissa son smartphone dans la poche de sa veste et désigna le journal qu'elle venait de reposer sur la table.

— Non, pas vraiment.

— Je suis choquée de nous voir en photo dans un quotidien national… Mais ce n'est pas la fin du monde, si ?

— Non, évidemment. Mais cela ne se reproduira pas.

Son cœur se serra douloureusement. Il s'était exprimé d'une voix impersonnelle, dépourvue de toute chaleur.

— Que veux-tu dire, au juste ?

Une lueur métallique traversa les beaux yeux gris.

— Notre histoire s'arrête ici et maintenant, Zoe. À quoi bon la poursuivre puisque de toute façon elle va se terminer dans… combien de temps ? Quelques jours ? Quelques semaines ? Je pars tout à l'heure pour New York où je dois voir mon frère Sharif. Je prendrai des dispositions pour que tu puisses rentrer à Londres dès que tu le souhaiteras.

Une sensation atroce envahit Zoe. Un mélange de désespoir et de tristesse abyssaux.

— Je suis désolée d'avoir pris ces photos, Maks. Je peux les effacer…

Il l'interrompit d'un geste de la main.

— Il ne s'agit pas de cela. Le moment est venu de nous séparer, c'est tout. Mais je vais m'assurer que tu puisses rentrer chez toi - ou aller où tu voudras.

— Je peux très bien organiser mon retour toute seule, répliqua Zoe, glacée.

— Tu devrais appeler Pierre Gardin. Tu lui as plu. Ce n'est pas un personnage très sympathique, je sais, mais il pourrait t'aider et te faire travailler si tu le souhaites. Il connaît des gens très influents dans le milieu qui t'intéresse.

Suffoquée, elle le dévisagea en silence.

— Bon, je dois y aller, reprit Maks après avoir jeté un coup d'œil à sa montre. Mon avion décolle dans moins d'une heure. J'ai donné des instructions à l'hôtel : ils arrangeront tes déplacements, où que tu ailles. Laisse-les faire, Zoe.

Lorsqu'il s'arrêta devant elle, Zoe crut voir une lueur traverser son regard, mais sans doute l'avait-elle imaginée.

— J'ai beaucoup aimé ce que nous avons partagé, reprit-il en lui effleurant la joue du revers de la main. Cela m'a fait du bien de me laisser aller et je ne le regrette pas, mais c'est terminé, maintenant.

Zoe était comme paralysée. La souffrance la suffoquait. C'était la même que celle éprouvée autrefois. Peut-être pire encore.

— Tu as sans doute raison, s'entendit-elle répliquer d'une voix presque normale. Ce que nous avons partagé est déjà derrière nous. Mieux vaut avancer chacun de notre côté, à présent.

Maks sourit. Jamais elle ne lui avait vu ce sourire. Artificiel. Crispé.

— Adieu, Zoe.

Il souleva un petit sac de voyage en cuir noir et sortit du salon sans un regard en arrière.

Quand elle émergea de sa torpeur, Zoe se dirigea vers la chambre. Vide. Plus aucune trace de l'homme qui emplissait tout l'espace quelques instants plus tôt.

Sa trace, Maks l'avait laissée en elle. Dans sa chair. Sur sa peau. C'était une blessure qui venait s'ajouter aux autres et qui, un jour, se transformerait, elle aussi, en cicatrice. Invisible, celle-ci.

La colère monta en Zoe. Dirigée contre elle-même. Elle s'était jetée corps et âme dans cette histoire en sachant ce qui l'attendait.

Avec Maks, elle s'était crue forte. Puissante. Il l'avait révélée à elle-même, aidée à devenir la femme qui se dissimulait en elle.

De son côté, il avait été franc dès le départ. Il l'avait prévenue que les relations à long terme ne l'intéressaient pas. En raison de son passé, il craignait de s'attacher.

À la différence de Zoe, lui n'était pas tombé dans le piège : il avait réagi à temps et n'avait pas succombé à la faiblesse. Tandis qu'elle avait cru au mirage, comme une idiote.

9.

— Tu comptes prendre la place de Nikos, maintenant qu'il s'est rangé ? demanda Sharif d'un ton moqueur.

Derrière les immenses fenêtres, Manhattan s'étalait autour d'eux. Des gens marchaient d'un pas pressé sur les trottoirs, telles de minuscules fourmis. Mais Maks les regardait sans les voir.

— Ce n'est pas avec quelques photos que j'égalerai ses prouesses. Ni les tiennes, à propos. Les rumeurs vont bon train, ces temps-ci. Pour quelqu'un qui se targue de choisir des femmes discrètes, tu as réussi ton coup…

Son frère lui décocha un regard noir.

— Qui est celle avec qui tu t'es affiché un peu partout, au juste ?

— Peu importe, riposta Maks, agacé. C'est terminé, de toute façon.

— Dommage, fit Sharif en haussant un sourcil. Le conseil d'administration est toujours nerveux, en dépit de la métamorphose spectaculaire de Nikos en mari modèle. Si toi aussi tu pouvais te caser…

— Cela a autant de chances de m'arriver qu'à toi, répliqua Maks d'un ton vif.

À sa grande surprise, Sharif ne réagit pas immédiatement. Il avait l'air presque… résigné.

— Sharif ? demanda Maks en fronçant les sourcils.

L'arrogance habituelle de son frère refit surface aussitôt.

— Assez avec les commérages. Passons aux choses sérieuses.

— Excellente idée, acquiesça Maks.

Il était trop heureux de se concentrer sur le travail. Parce que dès qu'il se retrouverait seul dans sa suite, il repenserait à celle qui hantait ses pensées en dépit de ses efforts pour l'oublier. La femme délicieuse qui lui manquait jour et nuit, et qu'il désirait encore.

Il ne pouvait s'empêcher de repenser à sa réaction, quand il avait mis un terme à leur liaison. Il revoyait la pâleur de son beau visage. Les yeux immenses au fond desquels couvait une lueur blessée. L'attitude de Zoe lui avait confirmé qu'il avait pris la bonne décision. Leur histoire n'avait aucun avenir, même s'il ne regrettait rien. Il avait vécu des moments fabuleux, uniques avec elle.

Quoi qu'il en soit, il n'avait pas le droit de laisser Zoe espérer davantage. Cette aventure avait représenté pour lui une brève escapade hors du réel. Rien de plus. Une tentation à laquelle il n'aurait pas dû succomber, et à laquelle il ne succomberait plus jamais.

Trois semaines plus tard.

Zoe n'avait réussi à trouver le sommeil qu'à l'aube. C'était la même chose chaque nuit. Quand elle s'endormait enfin, elle rêvait de Maks. Ou plutôt faisait des cauchemars dans lesquels elle le cherchait en vain. Dans les rues vénitiennes ou celles de Saint-Pétersbourg. Le cadre changeait, mais l'angoisse demeurait identique.

Elle se détestait de réagir ainsi, d'être aussi faible. Il l'avait *plaquée*. Point final.

Quand elle partit ce matin-là et découvrit la une d'un tabloïde exposée bien en évidence devant le kiosque d'un marchand de journaux, elle crut halluciner.

Maks. Nu. Souriant à celle qui prenait la photo. Devant une porte-fenêtre familière.

C'était *sa* photo. Celle qu'*elle* avait prise le dernier jour à Venise. Avant que tout s'effondre.

Zoe n'avait plus jamais osé regarder cette série de clichés depuis. Et pourtant, son œuvre s'étalait sur cet horrible torchon, exposée au monde entier.

— Je vous conseille de ne pas insister, mademoiselle Collins.

Maks avait ignoré tous ses appels, tous ses SMS. Mais Zoe savait qu'il était là, chez lui.

— S'il vous plaît, Hamish. Je dois absolument lui parler.

Au moment où Zoe crut que le majordome allait lui refermer la porte au nez, il recula.

— Je vais lui demander s'il veut bien vous recevoir, fit-il d'un ton crispé. Attendez-moi ici.

Elle entra dans le hall et s'arrêta, reconnaissant à peine le lieu où elle était venue. Tout paraissait si froid, désormais…

Après une attente interminable, Hamish revint.

— Il vous accorde quelques minutes. Suivez-moi.

Un soulagement immense l'envahit. Elle allait enfin pouvoir s'expliquer, même si elle ne savait pas *comment*.

Hamish la fit entrer dans une pièce aux murs en partie lambrissés de bois clair, en partie recouverts de rayonnages de livres.

Maks était debout derrière un imposant bureau, en pantalon noir et chemise blanche. Les manches roulées sur les avant-bras. Les mains posées sur les hanches.

Le fait de le revoir déstabilisa Zoe. Il était si proche… et si lointain en même temps… Elle se ressaisit et redressa les épaules. La porte se referma derrière elle, puis Maks se dirigea vers le bar et se versa un whisky. Il ne lui demanda pas si elle voulait boire quelque chose. Il se retourna, l'air calme et détendu, mais Zoe sentit la tension émaner de la haute silhouette athlétique.

— Pourquoi as-tu fait cela, Zoe ?

— Je n'ai rien fait.

— Combien as-tu obtenu, pour ces photos ? Si tu me les avais proposées d'abord, j'aurais peut-être été plus généreux.

Un sentiment de désespoir l'envahit.

— Je n'ai pas vendu ces photos à la presse, Maks. Je te le jure. J'ignore comment elles leur sont parvenues.

Maks posa son verre et s'assit sur le coin du bureau.

— Je ne devrais pas être surpris, au fond. La première fois que je t'ai vue, tu me prenais en photo après t'être introduite frauduleusement dans le Grand Palais.

— Ce n'est pas la même chose, protesta faiblement Zoe.

— Non, en effet, rétorqua-t-il, cinglant. C'est bien pire.

— Je sais à quel point tu détestes qu'on s'immisce dans ta vie privée, Maks. Et tu me connais… Je ne ferais jamais une chose pareille.

Il se contenta de la fixer, le visage impassible. Les yeux d'un gris glacial.

— Je *croyais* te connaître, répliqua-t-il enfin. Je croyais lire en toi comme dans un livre ouvert. Je te croyais différente. Mais il n'en était rien. Je savais que je t'avais blessée en rompant avec toi, mais je ne soupçonnais pas que tu pourrais descendre aussi bas pour te venger. Tu jouais bien la comédie, Zoe. Dire que je te prenais pour une femme désintéressée !

Zoe tressaillit douloureusement. Comment pouvait-il penser qu'elle avait joué la comédie ? Mais dans un sens, il avait raison. Elle lui avait dissimulé une partie de la vérité.

— Je n'ai pas vendu ces photos, se contenta-t-elle de répéter.

Il se redressa de toute sa hauteur.

— Cesse de mentir, Zoe. Nous savons que l'argent a été

transféré sur un compte, dans une banque qui se trouve à côté de chez toi.

Elle secoua la tête, sidérée. Qui pouvait leur avoir fait cela ? À elle et à lui ?

— Disparais avec ton sale argent, poursuivit Maks avec mépris. Tu n'obtiendras rien de plus de moi, alors sors d'ici.

— Maks, je le jure. Je n'ai pas…

Zoe s'interrompit. Elle parlait dans le vide. Maks se moquait bien de ce qu'elle pouvait lui dire. Il la toisait avec dédain, convaincu de sa culpabilité.

— Sors de cette maison, ordonna-t-il d'une voix dure. Je ne veux plus jamais te revoir.

Quelque chose se rompit en elle. Zoe eut l'impression que son cœur se déchirait et béait dans sa poitrine. Elle avait cru se protéger, mais s'était bien trompée. Jamais elle n'avait éprouvé une telle souffrance. Jamais elle ne s'était sentie aussi vulnérable. Elle était anéantie.

Comme la porte se refermait sans bruit sur Zoe, Maks poussa un juron. La rage l'aveuglait.

Se ressaisissant, il souleva son verre et le vida d'un trait en même temps qu'il revivait l'instant où son assistant avait déposé les tabloïdes sur le bureau tout en évitant de croiser son regard. En découvrant les unes étalées devant lui, il avait fallu un moment à Maks pour comprendre que l'homme qu'il voyait… c'était *lui*. *Nu*.

Tout d'abord, il n'avait ressenti aucune colère. Il n'avait même pas été choqué. Il s'était rappelé ce matin-là, le soleil se levant sur le Grand Canal, la brise matinale lui caressant la peau. Le sentiment d'apaisement et de satiété qui l'avait envahi alors. Et le plaisir qui frémissait déjà en lui à la pensée qu'ils allaient de nouveau faire l'amour, encore et encore.

Lorsqu'il s'était retourné et avait surpris Zoe tenant son appareil-photo devant son visage, il souriait. Et c'était ce sourire qu'il avait maintenant sous les yeux, en première page de l'un des tabloïdes les plus sordides du Royaume-Uni. Il avait souri à Zoe, sans se soucier qu'elle l'ait pris en photo. Puis la réalité avait fondu sur lui, brutale et glaçante. Il s'était rendu compte qu'il s'était laissé aveugler par le désir. Comment avait-il pu s'abandonner ainsi, au mépris de toute prudence ? Permettre à une inconnue de s'immiscer dans sa vie, son intimité ?

Le cynisme avait toujours été son arme. Sa protection. Or avec Zoe, il avait baissé la garde et perdu le sens des réalités. Il l'avait crue innocente. *Inoffensive.* Jamais Maks n'aurait imaginé qu'elle puisse faire une chose pareille !

Et pourtant, il savait que chacun est capable du pire comme du meilleur. Il savait que les femmes sont d'excellentes actrices et de redoutables menteuses, à l'image de sa propre mère.

Zoe s'était révélée une comédienne hors pair. Elle aurait dû se lancer dans le théâtre, au lieu de vouloir devenir photographe…

Le pire de tout, c'est que le matin même Maks s'était réveillé en proie à ce manque qui le dévorait depuis des semaines. Le désir le lancinait en permanence, à tel point qu'après s'être levé il avait failli appeler Zoe.

Pour lui dire quoi ? Il n'en savait trop rien. Il la désirait, voilà tout. Comme un fou.

Deux mois plus tard.

Maks entra dans le bar de l'un des hôtels de luxe du Marchetti Group, à Paris, suivi de Nikos.

— J'aurais dû poser nu moi aussi, du temps où j'étais célibataire, dit ce dernier avec un sourire. J'ai toujours désiré être élu l'homme le plus sexy de l'année, or regardons les choses en face, je suis bien plus sexy que toi.

— Je ne *posais* pas, répliqua Maks, les dents serrées.

— Tu aurais pu devenir mannequin, tu sais ? poursuivait Nikos, impitoyable. Tu as raté ta vocation.

Alors qu'il s'apprêtait à rembarrer son frère, Maks aperçut Sharif, qui s'installait dans un box situé un peu à l'écart. Nikos et lui le rejoignirent.

Il était rare qu'ils se trouvent à Paris au même moment, et encore plus rare qu'ils prennent un verre ensemble.

— Incroyable ! fit Nikos, pince-sans-rire. Les trois frères Marchetti autour d'une table qui ne fait pas dix mètres de long et débarrassés des membres de leur conseil d'administration ! Tu as quelque chose à nous dire, Sharif ?

Leur frère aîné les observa, l'air plus impénétrable que jamais.

— Ne pouvons-nous pas faire au moins semblant d'être une famille normale ? répliqua-t-il d'un ton moqueur.

Maks éclata d'un rire amer.

— Tu parles ! Aucun de nous ne sait à quoi ça ressemble !

— Parle pour toi, rétorqua Nikos. Je suis heureux d'être marié et père d'un enfant, et bientôt de deux.

Sa femme attendait en effet leur deuxième rejeton. La nouvelle avait paru dans tous les journaux.

— On verra combien de temps ça dure, fit Sharif, la mine soudain sombre.

Sentant que Nikos n'appréciait pas sa repartie, Maks lui posa la main sur le bras.

— Ne t'inquiète pas, il dit cela parce qu'il est jaloux.

Sharif esquissa une moue dédaigneuse, mais souleva son verre sans rien répliquer.

Ils burent leur whisky en silence. Une tension palpable flottait entre eux, pourtant il y avait autre chose de plus subtil, de plus délicat. Et de totalement inédit.

Ils se méfiaient les uns des autres, mais ils se *respectaient*, comprit Maks.

— En fait, commença Sharif, je voulais vous informer

que les résultats n'ont jamais été aussi bons. Et cela, grâce à nous trois.

Il regarda Nikos.

— Ton mariage et ton nouveau statut de père ont calmé les actionnaires.

Nikos sourit et souleva son verre.

— Heureux d'être utile…

— Je sais que nous avons tous nos raisons de consacrer notre temps et nos efforts à la holding, poursuivit Sharif en tournant les yeux vers Maks. Aucun de nous n'était forcé d'accepter cet héritage. Dieu sait que notre père ne nous a pas servi de modèle en matière de loyauté, mais je suis content que nous tenions le gouvernail ensemble. Je suis certain que nous avons les moyens et la capacité de faire du Marchetti Group une entreprise qui dépassera de loin les espérances de notre père.

— Quelque chose me dit que tu as une idée derrière la tête, Sharif, fit Nikos en fronçant les sourcils.

Sharif haussa les épaules, tout en les scrutant avec attention.

— Je veux simplement dire que, maintenant que nous sommes unis, tout est possible.

Le smartphone de Nikos sonna dans sa poche. Il l'en sortit et contempla l'écran en souriant aux anges.

— On arrête là, ou on continue à se passer de la pommade ?

Sharif roula des yeux, mais il se retenait de sourire.

— Vas-y, va jouer au père de famille. Qui sait combien de temps ça durera.

Mais Nikos ne l'écoutait plus. Il s'était déjà levé et parlait à sa femme d'une voix rauque et sensuelle.

Une sensation étrange envahit Maks. Nikos adorait Maggie, cela crevait les yeux. Quant à lui, en dépit de tout ce qu'il avait pu vivre, il ne partageait pas le cynisme de Sharif. En fait, il comprenait ce que Nikos et Maggie éprouvaient l'un pour l'autre. Ce qu'ils partageaient était bien réel.

À cet instant, le smartphone de Sharif vibra. Il répondit à l'appel et se raidit.

— Je fais de mon mieux avec une situation ancienne. Nous aurons grandement intérêt à profiter de cette opportunité. Faites-leur savoir que j'espère voir les choses bouger dans les deux mois à venir.

Il raccrocha, avant de remettre son téléphone dans sa poche.

— Plutôt mystérieux, comme appel…, fit Maks. Tu as envie d'en causer ?

Son frère sembla hésiter quelques instants.

— Rien qui te concerne, Maks, répondit-il finalement. On reste en contact ? Et préviens-moi, la prochaine fois que tu poseras pour les paparazzis. Je me passerais volontiers de voir mon petit frère en nu intégral au moment de prendre mon petit déjeuner.

Prêt à partir, Sharif se leva.

— Je n'ai pas *posé*, répliqua Maks en l'imitant.

Mais son frère traversait déjà le bar à grands pas, suivi de près par deux assistants qui l'attendaient, tapis dans un coin.

Alors que Maks s'apprêtait à s'en aller lui aussi, on le héla.

— Maks ! Ravi de vous voir, petit cachottier…

Se tournant vers le long bar en acajou occupant tout un côté de l'espace, il aperçut Pierre Gardin, perché sur un haut tabouret, un verre à la main.

— Vous faites allusion à quelque chose de précis, Pierre ? demanda-t-il en le rejoignant.

— Votre chère et tendre a travaillé avec moi, cette semaine, et la rumeur a couru qu'elle était enceinte. Elle n'arrêtait pas de se précipiter vers la salle de bains, mais elle n'en demeure pas moins la meilleure assistante que j'aie connue depuis une éternité. À mon avis, elle ira loin, cette petite…

— Qu'est-ce que vous venez de dire ? l'interrompit brutalement Maks.

Il avait envie de secouer Gardin, bon sang !

Celui-ci plissa les paupières.

— À vrai dire, Zoe n'a jamais mentionné votre nom. Vous n'êtes peut-être plus ensemble ? Auquel cas le bébé ne serait pas de vous. Je suis perdu, avec tous ces jeunes et leurs histoires d'amour…

Enceinte. Zoe.

Ces deux mots tournaient en boucle dans sa tête. À un rythme infernal. Il l'imagina au lit avec un autre homme et vit rouge.

— Où est-elle ?

— Je n'en ai pas la moindre idée. Elle est rentrée chez elle. À Londres, je suppose.

Enceinte.

Et elle ne l'avait pas appelé. Mais pouvait-il vraiment lui en vouloir ?

« Sors de cette maison. Je ne veux plus jamais te revoir. »

— Vous vous sentez bien, Maks ?

Non. Depuis des semaines, il s'efforçait de ne pas penser à Zoe, à l'expression de son visage ce soir-là, quand elle était venue chez lui. « Tu sais bien que je ne ferais jamais une chose pareille. » Il refoulait la question qui revenait le hanter sans cesse : pourquoi serait-elle venue chez lui, si elle avait vraiment vendu les photos à la presse et avait été grassement payée en retour ? Pourquoi ne se serait-elle pas contentée de disparaître avec son argent ?

Lorsque ses assistants avaient proposé d'enquêter pour savoir si c'était bien Zoe qui avait vendu ces photos à la presse, Maks avait refusé, préférant se dire qu'il *savait* que c'était elle.

Mais à présent, il n'était plus sûr de rien.

Moins de vingt-quatre heures plus tard, Maks sonnait à la porte de Zoe et s'impatientait qu'elle ne lui ait pas déjà ouvert.

Quand elle apparut devant lui, l'air sidéré, il ne put réprimer la réaction instantanée de sa libido.

— Pourquoi n'as-tu pas répondu à mes SMS et à mes appels ? demanda-t-il d'un ton plus dur qu'il ne l'aurait souhaité.

Dans cet immense gilet informe et ce pantalon large, impossible de voir si elle était enceinte. Mais elle paraissait particulièrement fragile et avait le teint très pâle.

— *Bonjour*, Maks. Qu'est-ce que tu veux ?

Il entra sans lui en demander la permission et referma la porte.

— Il faut que nous parlions.

— Tu avais dit que tu ne voulais plus jamais me revoir, répliqua-t-elle en reculant.

— C'était avant…

— Avant quoi ?

Subitement, Maks ne pouvait se résoudre à lui demander tout de go si elle était enceinte.

— Est-ce toi qui as vendu les photos, Zoe ?

— Je t'ai déjà dit que non, mais tu as refusé de m'écouter.

— Eh bien, je t'écoute maintenant.

— En fait, je comptais t'appeler aujourd'hui au bureau, dit-elle au bout d'un long silence.

— À propos de quoi ?

— Je sais qui les a vendues à la presse.

— Qui est-ce ? fit Maks en fronçant les sourcils.

— J'ai été piratée par mon ex, Dean Simpson. Il est ingénieur en informatique et mes mots de passe n'étaient pas difficiles à décrypter. Je sauvegarde toutes mes photos en ligne, sur un serveur informatique. C'est un réflexe que j'ai acquis il y a longtemps, pour être sûre de ne pas perdre mon travail.

— OK, acquiesça Maks en croisant les bras. Et pourquoi ton ex t'aurait-il piratée ?

Elle se dirigea vers la fenêtre et se retourna.

— Il doit avoir vu des photos de nous dans la presse ou sur les réseaux sociaux et il aura voulu nous nuire, par jalousie. Je ne t'ai pas tout dit à son sujet…

Une sensation désagréable parcourut Maks.

— Qu'est-ce que tu ne m'as pas dit ?

— Si nous avons rompu, ce n'était pas seulement parce qu'il désirait coucher avec moi et que je ne voulais pas. Il n'était pas venu par hasard à Londres et n'avait pas repris contact avec moi parce qu'il avait envie de me revoir. C'était un plan. Il avait tout mis en œuvre pour me retrouver.

— Et pourquoi ?

— Parce qu'il avait découvert qui j'étais et compris ce que cela impliquait.

— De quoi parles-tu ? demanda Maks, un peu perdu. Qui es-tu ?

Quand elle se mit à se mordiller la lèvre, il faillit perdre patience.

— Zoe ? *Qui* es-tu ?

— Je ne t'ai pas dit qui étaient mes parents. Mon père était Stephen Collins, le photographe et écrivain, et ma mère, Simone Bryant, l'héritière.

Maks secoua la tête avec incrédulité. Il connaissait Stephen Collins de réputation, évidemment. Le célèbre reporter avait couvert les guerres les plus dures, les plus atroces. Quant à Simone Bryant, elle était l'héritière d'une immense fortune provenant de la plus ancienne brasserie irlandaise.

— Tu m'as menti, si je comprends bien.

— Je n'ai pas menti ! se défendit-elle vivement. Je ne t'ai pas donné de détails. Collins est un nom courant…

— Ton père a remporté plusieurs prix, dont celui du meilleur reportage, et il est ensuite devenu l'un des plus célèbres auteurs de romans policiers. Je les ai tous lus. Pourquoi m'avoir caché l'identité de tes parents, bon sang ?

Elle se contenta de le fixer de ses grands yeux couleur d'aigue-marine.

— Tes parents étaient riches, réalisa soudain Maks.

— Très riches, acquiesça Zoe. Quand ils sont morts, mon héritage a été géré par un notaire jusqu'à ma majorité.

— Et pourtant, tu vis comme une étudiante sans le sou, répliqua Maks en regardant autour de lui.

— Je n'ai jamais voulu toucher à cet argent.

— Pourquoi ?

— Parce qu'il est souillé de sang. Il n'aurait jamais dû me revenir. Mes parents ont perdu la vie, mon frère aussi. Comment aurais-je pu *bénéficier* de leur mort ? J'en ai donné la majeure partie à des associations caritatives.

Maks sentit une douleur sourde lui traverser la poitrine. Zoe se sentait responsable, à tort, de l'accident qui avait coûté la vie à sa famille. Il repoussa la sensation.

— Quel rapport entre ta famille et Dean Simpson ?

Elle soupira.

— J'avais quitté Dublin parce que je n'avais plus rien à y faire. Et parce que tout y était synonyme de chagrin. Je pensais ne jamais revoir Dean. Quand il est venu à Londres et a repris contact avec moi, j'ai compris à quel point j'étais seule. Je lui ai fait confiance. Nous avions été dans la même famille d'accueil. Il avait été mon premier petit ami. Nous avions des choses en commun. Ce que j'ignorais, c'est qu'il avait découvert qui étaient mes parents. Et l'existence de mon héritage. En fait, il était venu me retrouver avec l'intention de reprendre une relation amoureuse avec moi, dans le seul but de mettre la main sur mon argent. Lorsqu'il y a fait allusion, cela m'a fait un choc terrible. Je lui ai dit ce que je viens de te dire : je ne voulais pas de cet argent et j'en avais déjà donné la plus grande partie à des associations caritatives. À ce moment-là, il est devenu fou furieux…

Elle s'interrompit et redressa le menton.

— Si tu ne me crois pas, tu peux vérifier le nom du titulaire du compte bancaire sur lequel l'argent des photos a été transféré. C'est celui de Dean. Il ne s'est même pas donné la peine de prendre des précautions.

Maks serrait les mâchoires. Au fond, il avait toujours su qu'elle était innocente, mais un reste de cynisme l'empêchait de la croire totalement.

— Comment savoir si vous n'étiez pas de mèche, lui et toi ?

Le visage de Zoe devint livide. Elle passa devant lui pour ouvrir la porte.

— Va-t'en, Maks.

La douleur sourde lui étreignit la poitrine. Il l'ignora. Puis il se rappela pourquoi il était venu voir Zoe.

— Autre chose. J'ai rencontré Pierre Gardin par hasard. Il m'a dit que tu étais probablement enceinte. C'est vrai ?

Zoe se concentra sur sa respiration, tandis qu'un mélange confus d'émotions se bousculait en elle. Elle se força à les dominer, soucieuse avant tout de se protéger.

— C'est la chose la plus ridicule que j'aie jamais entendue, répliqua-t-elle avec calme.

— Pierre a parlé de malaises.

— J'ai eu quelques petits soucis de santé, en effet, dit-elle en s'interdisant de rougir. Mais rien de grave.

— Tu n'es pas enceinte, alors ?

Elle se cramponna à la poignée de la porte.

— J'aimerais que tu t'en ailles, Maks. Je donne un cours d'anglais dans une demi-heure et je suis déjà en retard.

— Si tu es enceinte, tu dois me le dire, Zoe.

— Pourquoi ? riposta-t-elle sèchement. Alors que je connais ton aversion pour tout ce qui touche de près ou de loin à la notion même de famille ?

— Si tu étais enceinte de moi, j'assumerais mes responsabilités, déclara-t-il avec force. Tu ne serais pas seule.

Zoe le toisa avec mépris.

— Si c'était le cas, je ne me tournerais pas vers toi parce que je n'ai pas besoin de ton aide. J'ai donné beaucoup, c'est vrai, mais il me reste de l'argent à ne pas savoir qu'en faire. Alors, *si* j'étais enceinte – ce qui, je le répète, n'est pas le cas –, je n'aurais pas besoin de toi, Maks.

10.

Va-t'en, je t'en supplie…

Zoe ne supportait plus le regard perspicace de Maks. Sa proximité troublante…

Quand il sortit enfin dans le couloir, elle retint un soupir de soulagement.

— Si ce que tu dis est vrai, commença-t-il en se retournant. Je te dois des excuses.

Il ne la croyait toujours pas. Il avait besoin de preuves…

— Tu ne me dois rien, répliqua-t-elle d'un ton neutre.

Sur ces mots, elle ferma la porte et demeura immobile durant un long moment, comme anesthésiée. Mais la souffrance rejaillit bientôt, toujours aussi vivace.

Zoe posa une main protectrice sur son ventre, qui grossissait chaque jour. Elle avait menti : elle *était* bel et bien enceinte. Mais après le choc de revoir Maks, là, chez elle, elle en avait subi un autre qui lui avait ôté tout désir de lui dire qu'ils avaient conçu un enfant ensemble.

« Comment savoir si vous n'étiez pas de mèche, lui et toi ? »

Elle avait l'intention de lui révéler sa grossesse, naturellement. Mais plus tard, lorsqu'elle serait en mesure de poser ses conditions. Qu'il le croie ou non, elle n'avait pas besoin de lui pour élever son enfant.

Il ne fallut pas longtemps à Maks pour vérifier les dires de Zoe. Tout était vrai. Concernant sa famille et Dean Simpson. Ainsi que l'argent versé à différentes associations caritatives.

En résumé, il s'était trompé sur elle. Sur toute la ligne.

Après avoir frappé discrètement, Hamish poussa la porte entrebâillée de son bureau, pour lui demander s'il souhaitait déjeuner.

— Non, merci. Je n'ai pas faim, répondit-il en se levant. Vous voulez bien demander à mon assistant de venir me rejoindre ? Et appelez également mes avocats, s'il vous plaît.

— Tout de suite, patron.

Lorsque Hamish se fut éclipsé, Maks se mit à faire les cent pas. Zoe n'était pas enceinte. Et même si elle l'était, elle n'avait pas besoin de son soutien financier. Il aurait dû se sentir soulagé, car elle avait raison : il ne voulait pas entendre parler de famille.

Il s'était tellement trompé sur son compte. Il ne lui en voulait même plus de ne pas lui avoir dit la vérité sur sa famille. Il comprenait pourquoi elle avait tu ces détails.

Un véritable chaos régnait dans son esprit. Cela ne lui ressemblait pas de juger les gens sans leur laisser la possibilité de s'expliquer. Maks était même plus circonspect que ses frères. Mais avec Zoe… il avait perdu pied dès qu'il l'avait vue apparaître devant lui. Et il avait sauté sur la première occasion de la juger. Il l'avait condamnée sans même lui laisser la possibilité de se défendre.

Et le pire, c'était qu'il savait pourquoi il avait réagi ainsi. Comment admettre qu'il la désirait encore et refusait de la laisser sortir de sa vie ?

Zoe s'arrêta à côté des rochers pour contempler la mer qui s'étalait à perte de vue, puis elle se retourna, les yeux levés vers la maison aux murs de pierre blonde qui se dressait là-haut, sur la falaise surplombant la plage. La maison où elle s'était sentie aimée et en sécurité.

Le vent lui fouetta le visage, comme pour la rappeler au présent. Elle poussa un profond soupir et remonta lentement vers le sentier. Après être restée enfermée plusieurs jours dans le garde-meubles à passer en revue les biens de sa famille, elle se sentait épuisée mais plus légère. Enfin débarrassée du poids qui lui pesait sur les épaules depuis si longtemps.

Se retournant de nouveau vers la mer, Zoe s'efforça de refouler la souffrance qui l'accompagnait où qu'elle aille. Elle avait beau faire des efforts pour ne pas penser à lui, Maks occupait toutes ses pensées.

Et pourtant, elle avait compris pourquoi il était venu la trouver chez elle, la questionnant sur une grossesse éventuelle. Plus que tout, il redoutait de voir ce genre de nouvelle s'étaler dans la presse.

Elle se maudit de lui accorder encore le pouvoir de l'atteindre. De lui faire du mal. De l'anéantir.

Non. Il ne l'avait pas anéantie. Elle était toujours là, bien vivante. Et enceinte.

Tôt ou tard, elle serait forcée de lui révéler la vérité. Et elle devrait alors accepter qu'il fasse partie de sa vie. Mais pas encore. Pas maintenant.

Tout à ses pensées, elle s'avança sur le sentier qui conduisait à l'hôtel où elle avait réservé une chambre pour quelques jours. Elle venait d'entrer dans le hall quand une voix familière l'appela par son prénom. La voix profonde au timbre de baryton, envoûtante. Ce ne pouvait pas être lui. Personne ne savait qu'elle était là.

Et pourtant, Maks se tenait sur le seuil, tout en noir. Somptueux et sexy.

— Qu'est-ce que tu fais ici ? Comment as-tu su que j'étais à Dublin ?

— Je suis allé chez toi. Ta voisine m'a dit que tu avais

déménagé et que tu devais aller en Irlande. Je n'ai pas eu beaucoup de mal à te retrouver.

Elle le scruta en silence, troublée malgré elle par sa proximité. Tout son corps frémissait, le réclamait. Peut-être étaient-ce ses hormones qui lui jouaient des tours…

Était-ce le moment de lui dire qu'elle était enceinte ? Non. Elle ne se sentait pas prête.

— Pourquoi es-tu venu, Maks ? Nous n'avons plus rien à nous dire et…

— Je préférerais poursuivre cette conversation dans un endroit plus privé. Tu as pris une chambre ici, je présume ?

Elle hocha la tête, puis se dirigea vers l'ascenseur sans vérifier s'il la suivait. À quoi bon ? Elle *sentait* sa présence derrière elle.

Une fois dans la cabine, Zoe appuya sur le bouton du deuxième étage, où se trouvait sa chambre. Le supplice ne dura pas longtemps.

Soulagée, elle sortit de l'ascenseur pour gagner sa chambre. Une fois à l'intérieur, elle se dirigea vers la fenêtre, suivie par Maks.

Il avait les cheveux plus longs, remarqua-t-elle soudain. Et les joues non rasées. Il paraissait fatigué. Mais quand il riva son regard au sien, Zoe frissonna au plus intime de son être.

— Que veux-tu, Maks ? demanda-t-elle d'une voix tremblante.

C'est toi que je veux. Maks brûlait de le lui dire avec ses lèvres, ses mains.

— Je suis venu te dire que je suis désolé. J'aurais dû t'écouter, au lieu de te condamner d'emblée.

Le rose disparut des hautes pommettes. Elle blêmit.

— J'aurais dû te faire confiance, poursuivit-il. J'ai porté plainte contre Dean Simpson et la police m'a appris hier qu'il vient d'être arrêté en Espagne. Il a tout avoué. Ils vont l'extrader vers l'Irlande pour qu'il y soit jugé.

— Oh…, murmura-t-elle. Tu n'avais pas à faire tout ce chemin pour me dire cela, mais merci quand même.

— La première fois que je t'ai vue, je t'ai accusée à tort. Tu… tu produis un drôle d'effet sur moi, Zoe. En temps normal, je suis un type rationnel, mais avec toi… je deviens un autre.

— Je n'y peux rien, répliqua-t-elle en baissant les yeux.

Quel imbécile ! Il l'avait blessée…

— Ce n'était pas un reproche, Zoe. Je t'ai laissée entrer dans ma vie alors que je tenais farouchement à mon espace privé. La seule à y pénétrer, c'était ma sœur. Jusqu'à ce que je te rencontre et que tout mon bel équilibre s'effondre… À Venise, quand tu as pris cette photo de moi, je n'ai pas ressenti immédiatement cela comme une atteinte à ma personne… Puis tout à coup, j'y ai vu un signal d'alarme. Et j'ai paniqué.

Zoe le dévisageait en silence, l'air étonné.

— Et plus tard, quand j'ai découvert les photos dans la presse, j'ai sauté sur le prétexte pour te condamner… parce que cela me permettait de me mentir. De ne pas admettre que je te désirais toujours. Comme un fou. Te repousser était plus facile que de regarder la vérité en face.

— Qu'est-ce que je dois comprendre ? demanda-t-elle soudain en redressant le menton. Que veux-tu de moi ?

Maks s'avança et lui prit les bras. Elle se raidit, mais oscilla légèrement vers lui.

— Toi, Zoe. C'est toi que je veux. Tout entière.

Zoe eut l'impression de se noyer dans un océan de désir. Elle aurait voulu se lover dans la merveilleuse chaleur de Maks. Oublier tout ce qui n'était pas lui et la passion qui les poussait inexorablement l'un vers l'autre.

— Tu me désires autant que je te désire, Zoe, chuchota-t-il, à un souffle d'elle.

Elle l'observa en silence, fascinée par la belle bouche sensuelle qui se rapprochait de la sienne. Ensuite, tout s'enchaîna très vite. Maks l'embrassa avec fièvre, leurs vêtements atterrirent sur le plancher. Il la souleva dans ses bras, l'allongea sur le lit avant de s'installer au-dessus d'elle.

— Viens, murmura Zoe. Maintenant.

Laissant échapper une plainte rauque, Maks la pénétra. Les coups de reins se firent plus profonds, plus vigoureux, tandis qu'elle haletait et le suppliait de la faire jouir.

Le plaisir monta, se déploya partout en elle. Et lorsque Maks se retira, puis donna un puissant coup de reins, elle bascula dans l'extase en criant son prénom.

Quand Zoe reprit ses esprits, il était allongé à côté d'elle, le souffle court. Comme il la regardait en silence, Zoe redescendit sur terre brutalement. La situation lui apparut dans une clarté sidérante.

— Je suis désolée, mais je ne peux pas me contenter de ce que tu me proposes, dit-elle d'un trait. Je veux davantage, Maks.

Sur ces mots, elle quitta le lit, ramassa ses vêtements et alla se réfugier dans la salle de bains. Là elle prit une douche éclair tout en s'interdisant de penser à quoi que ce soit.

De retour dans la chambre, elle constata que Maks s'était rhabillé lui aussi.

— Viens, dit-il tranquillement. Allons faire un tour.

Après avoir marché côte à côte sur la plage, ils s'assirent sur les rochers face à la mer et restèrent silencieux durant un long moment.

— C'est très beau, dit soudain Maks. Tu as de la chance d'avoir grandi ici.

— La maison est derrière nous, en haut de la falaise.

Zoe s'interrompit. Le moment était venu de lui dire qu'elle était enceinte. Et cette fois, elle ne se déroberait pas.

— Maks, commença-t-elle en se levant. Je…

— Oui… ?

— Je suis enceinte. Je t'ai menti, à Londres, parce que j'étais bouleversée de te revoir. Et quand j'ai compris que tu ne me croyais toujours pas alors que je venais de t'expliquer que je n'étais pour rien dans cette histoire de photos, je… Cela m'a fait terriblement mal. Et je n'ai pas pu te le dire.

Maks la dévisagea, le visage dénué de toute expression. Lentement, il se leva et recula d'un pas.

— Tu es enceinte ?

Elle hocha la tête et se prépara à essuyer un rejet.

— Et si je n'étais pas venu ici, quand me l'aurais-tu dit ? Après avoir mis l'enfant au monde ? Ou aurais-tu attendu qu'il ait trois mois ? Six ?

— Non… Je ne sais pas. J'avais l'intention de te le dire bientôt, de toute façon. Mais je… Je suis désolée, Maks. J'aurais dû t'en parler ce jour-là, à Londres.

L'air effaré, il se passa la main dans les cheveux.

— Cela change tout.

— Comment ça ? demanda Zoe, incrédule.

— Nous formons une famille, maintenant.

— Non, protesta-t-elle à la hâte. Ne sois pas ridicule.

Ridicule ? Alors pourquoi son cœur battait-il la chamade ? Pourquoi l'espoir renaissait-il en elle, plus vivace que jamais ?

— Je suis venu ici parce que je ne pouvais plus supporter d'être loin de toi, Zoe, dit-il, les yeux brillant des beaux reflets argentés. Tu me manquais trop. Je pense à toi tout le temps. Je ne peux m'intéresser à aucune autre femme.

— Il ne s'agit plus seulement de désir, Maks. Tu *hais* tout ce qui touche de près ou de loin à la famille, alors ne fais pas semblant d'être enchanté à la perspective de devenir père !

Une sensation inconnue envahit Maks. De paix et de plénitude. Il eut soudain l'impression que tout se mettait enfin en place dans sa vie. Tout prenait sens.

Ne restait plus qu'à convaincre Zoe de sa sincérité.

— Nous n'avons pas utilisé de préservatif, tout à l'heure, lui fit-il remarquer.

Elle battit des cils, puis comprit l'allusion et rougit.

— Alors, si tu n'étais pas déjà enceinte, nous pourrions dire que nous avons pris un grand risque. Personnellement, je n'y ai même pas songé parce que, quand je suis avec toi, je me fiche de tout. Tu es la seule qui compte, Zoe. Et…

Délicatement, Maks lui posa les mains sur la taille et l'attira vers lui.

— Et notre enfant, acheva-t-il d'une voix douce.

Il sentit Zoe trembler tout entière. Une lueur chaude incendia ses grands yeux, leur donnant un bel éclat vert. Puis son regard s'assombrit.

— Mais tu n'as jamais désiré avoir d'enfant…

— Non, c'est vrai. Jusqu'à ce que cette éventualité se transforme en réalité. En fait, je ne savais pas ce que je voulais.

— Que *veux*-tu, Maks ?

— Nous, dit-il en lui caressant doucement le ventre.

— Mais… pourquoi ? souffla Zoe, bouleversée.

— Tu n'as pas encore compris ? répliqua-t-il, le regard rivé au sien.

Elle secoua la tête, terrifiée à la pensée de se tromper. Son cœur battait si fort qu'elle avait l'impression qu'il allait exploser.

Maks sourit, d'un sourire lumineux qui éclaira tout son beau visage.

— Je t'aime, Zoe. Et moi aussi, je veux davantage. Et pas seulement à cause du bébé. Ce ne sera pas facile, je le sais.

La perspective de devenir père me terrorise. Mais je sais aussi que je ne serai pas comme le mien. Je veux donner à mon enfant tout l'amour et le soutien que je n'ai jamais eus.

Zoe battit des cils pour refouler ses larmes, mais elles roulèrent sur ses joues.

— Je t'aime et je ne t'abandonnerai jamais, murmura Maks en la serrant contre lui.

Lorsqu'elle eut repris le contrôle de ses émotions, Zoe le repoussa doucement tandis qu'il prenait son visage entre ses grandes mains chaudes pour lui essuyer les joues.

Elle devait avoir une mine épouvantable. Les yeux bouffis, les joues rouges…

— Tu le penses vraiment ?

— Quand je dis que je t'aime ? fit-il avec un petit sourire en coin. Oui. Le monde entier le sait, d'ailleurs, à cause de cette fichue photo. Il suffit de se concentrer sur l'expression de mon visage plutôt que sur le reste de mon anatomie !

Ce matin-là, quand il s'était retourné vers elle, Zoe l'avait compris elle aussi, mais elle avait eu trop peur d'y croire.

— Et moi, je sais que tu m'aimes, Zoe. Alors pas la peine de le nier.

Oui, elle l'aimait plus que tout au monde. Plus qu'elle-même. Mais elle ne méritait pas d'être heureuse.

— Je voulais te dire autre chose, reprit Maks. J'ai lu tout ce qui a paru sur l'accident qui a coûté la vie à tes parents et à ton frère. Tu n'es en rien responsable. Deux jeunes en virée dans une voiture volée sont arrivés soudain en face, à toute allure, et roulant sur le mauvais côté de la route. Même s'il ne s'était pas retourné vers toi une fraction de seconde, ton père n'aurait pas pu les éviter.

Zoe scruta ses traits. Il n'inventait pas cette histoire pour la rassurer. De son côté, elle n'avait jamais fait aucune recherche pour ne pas remuer le couteau dans la plaie. Ses souvenirs s'étaient cristallisés sur l'appareil-photo de son père qu'elle tenait dans ses mains… Sur la culpabilité ressentie à l'époque, et qui ne l'avait plus jamais lâchée depuis.

— Nous nous aimons, Zoe, poursuivit Maks. Et nous avons confiance l'un dans l'autre. C'est plus fort que nous.

Sa culpabilité était infondée. Elle s'en était servie pour se protéger, éviter de souffrir à nouveau.

Un sentiment de sérénité envahit Zoe. Ainsi qu'une joie immense qui se répandit dans sa poitrine. Se haussant sur la pointe des pieds, elle referma les mains sur la nuque du père de son enfant.

— Je t'aime, Maks.

— Répète.

— Je t'aime.

La joie se déploya en elle, comme si un dernier barrage avait cédé.

— Tu veux bien m'épouser ? Pas à cause du bébé, mais parce que je désire passer le reste de ma vie avec toi. Je t'aime, ma chérie.

Zoe sourit à travers ses larmes.

— Oui, je le veux. Parce que je t'aime autant que tu m'aimes.

Le magnifique éclat argenté incendia les yeux gris, puis Maks l'embrassa, avec tout son amour et toute sa tendresse.

Épilogue

Londres, quatre ans plus tard.

— C'est maman ! Regarde !

— Chut, fit Maks en posant un doigt sur ses lèvres. Oui, je la vois, mon trésor. Mais nous ne pouvons pas aller l'embrasser tout de suite - elle travaille.

— D'accord, papa.

Sa fille lui passa les bras autour du cou et enfouit sa petite tête dans son cou. Son geste émut profondément Maks, comme à chaque fois.

Luna avait les yeux d'une teinte peu commune, mélange de vert et de gris, et les cheveux de la même couleur que les siens, châtain foncé.

À cet instant, Zoe tourna la tête, les aperçut et sourit. Elle ne cherchait plus jamais à cacher son visage, désormais, et se faisait la plupart du temps un chignon flou, ou une simple queue-de-cheval.

La vie de famille, terrifiante et exaltante à la fois, n'avait amoindri ni leur désir ni leur amour. Elle les avait transformés, dans la confiance et l'harmonie.

Sa femme se détourna pour se concentrer sur la mannequin, superbe et très demandée. Zoe l'avait remarquée dans la rue et l'avait formée elle-même. Réfugiée ayant traversé les pires épreuves, la jeune femme était d'une beauté stupéfiante bien que son visage soit marqué par des cicatrices. Elle les portait fièrement et en avait fait sa marque personnelle, grâce à Zoe.

Maks était si fier de sa femme. Il la regarda travailler, vive et sereine à la fois. Elle s'était fait un nom dans le milieu de la mode et les créateurs se l'arrachaient, mais elle était surtout respectée pour son cheminement, pour la façon dont elle avait lentement gravi les échelons, préférant apprendre auprès des grands photographes et sans utiliser ses relations.

Lorsque, au moment de leurs fiançailles, les médias avaient découvert qu'elle était la fille de Stephen Collins, ils avaient épluché sa vie, son passé, évoquant de nouveau l'accident, l'héritage familial. Jusqu'à ce que l'agitation retombe, comme cela finissait toujours par arriver.

Zoe dit au revoir à l'équipe et à Sara, la top model devenue son amie. Puis elle se dirigea vers son mari et sa fille. Elle aimait savoir qu'ils étaient là, qu'ils l'attendaient.

Elle ne collaborait qu'avec des créateurs, des marques et des mannequins qui portaient un regard différent sur l'univers de la mode. Cela réduisait le champ de ses activités, et lui fermait pas mal de portes, mais elle ne travaillait ni pour la gloire ni pour l'argent. Elle le faisait parce qu'elle aimait cela.

En fait, l'amour régissait désormais toute sa vie. Et le plus précieux, c'était celui qu'elle éprouvait pour son mari et sa fille adorés.

Luna lui passa ses petits bras autour du cou, tandis que Maks les enveloppait toutes les deux dans les siens.

— J'aimerais savoir quand tu comptes t'arrêter, dit-il en baissant les yeux sur son ventre de femme enceinte.

Zoe aurait pu prendre son congé maternité depuis déjà plusieurs semaines, mais elle avait été incapable de refuser plusieurs propositions intéressantes.

— Maintenant, répondit-elle en se pressant contre lui. Et j'ai terriblement besoin qu'on me masse les pieds…

— Seulement les pieds ? répliqua Maks avec un sourire coquin.

— Tu es insatiable, soupira-t-elle, l'air faussement résigné.

— Moi ? fit-il en haussant les sourcils. Je crois me souvenir que ce matin c'est toi qui…

— Il va arriver quand, Ben ? l'interrompit Luna.

— Bientôt, ma chérie, répondit Zoe. Quand il sera prêt.

Luna frappa dans ses petites mains.

— On peut aller lui acheter des cadeaux ?

Leur fille avait très bien compris qu'acheter des cadeaux pour le bébé signifiait lui en acheter aussi.

— Un seul cadeau, répliqua son père. Et à condition que tu manges tout ton dîner, que tu ailles te coucher tôt et que tu laisses Hamish te lire une histoire.

— Avec sa voix rigolote ?

— Oui, avec sa voix rigolote.

Leur famille allait s'agrandir et devenir plus chaotique encore. Zoe mesurait sa chance de connaître l'amour. Vivre impliquait de prendre des risques, mais elle l'acceptait pleinement aujourd'hui. Le bonheur était à ce prix.

— On rentre à la maison ? proposa Maks.

Ce merveilleux bonheur qui se reflétait dans les yeux de son mari, elle le méritait. Ils le méritaient tous les deux.

— Oui. On rentre à la maison.

Vous avez aimé *Liaison à Saint-Pétersbourg* ?
Retrouvez en numérique les premiers volets de votre série « La dynastie Marchetti » :

1. *Une nuit à Kildare House*
2. *Liaison à Saint-Pétersboug*

Et découvrez la suite dès le mois prochain dans votre collection Azur !

Retrouvez prochainement,
dans votre collection

AZUR

Des adieux au prince, de Kim Lawrence - N°4378
Un coup de foudre, un mariage éclair… Tout se passe trop vite entre Béatrice et Dante Velasquez, prince héritier de San Macizo. Incapable de s'habituer à l'atmosphère guindée et vénéneuse du palais royal et de donner à Dante un héritier, Béatrice quitte le royaume, désespérée. Mais, lorsque quelques mois plus tard Dante réapparaît dans sa vie, elle décide de s'offrir, dans les bras de son époux, une dernière nuit d'adieux. Une étreinte passionnée aux tendres conséquences…

Délicieuse rédemption, de Jackie Ashenden- N°4379
Issu d'une famille de malfrats, Vincenzo de Santi consacre sa vie à racheter les crimes des siens. Rien ni personne n'échappe à sa quête de justice, ce qui lui vaut d'être l'ennemi numéro un des malfaiteurs. C'est donc avec stupeur qu'il voit débarquer chez lui Lucy Armstrong, un génie des chiffres devenue experte dans le blanchiment d'argent. Loin de le craindre, la jeune femme a l'audace de lui proposer un marché. S'il accepte de lui offrir la protection dont elle a besoin pour échapper à son clan, elle l'aidera à faire tomber son propre père – l'homme que Vincenzo considère comme son plus grand adversaire…

**Séduite par Emiliano Delgado,
de Michelle Smart - N°4380**
Beau, puissant, séducteur… le champion de polo Emiliano Delgado fait tourner la tête de Becky. Toutefois, parce qu'elle travaille pour le play-boy argentin, elle doit garder ses émotions sous contrôle. Mais la chair est faible et, à l'occasion d'un séjour dans la principauté de Monte Cleure, Becky finit par céder à la passion entre les bras de son patron. Un moment de folie qui se révèle bientôt porteur de conséquences. Enceinte d'Emiliano, Becky se voit en effet proposer… de l'épouser !

Une innocente au palais, de Dani Collins - N°4381
« C'est mon bébé ! » Ce cri du cœur, Hannah ne peut le retenir face au cheikh Akin Sarraf. Le prince, qu'elle rencontre pour la première fois, est en effet venu lui annoncer que l'enfant qu'elle porte est l'héritier secret de la famille royale de Baaqi ! Alors qu'Akin exige qu'elle le suive dans son pays pour l'épouser, Hannah chancelle. Car elle sait déjà qu'elle ne pourra s'opposer à cet homme puissant sans prendre le risque de perdre le petit être qu'elle aime déjà plus que tout…

Le secret d'un mariage grec, de Lynne Graham - N°4382

Tansy ne se fait aucune illusion : son mariage avec Jude Alexandris sera de pure convenance, une union platonique. Comment pourrait-il en être autrement, alors qu'elle n'a jamais rencontré l'homme d'affaires grec ? Aussi est-elle la première surprise quand, sitôt qu'elle pose les yeux sur son promis, les émotions déferlent en elle. Plus fou encore, lorsque Jude déclare vouloir partager sa chambre avec elle, Tansy est gagnée par le désir… Or, à mesure qu'elle se prend à espérer s'engager dans un véritable mariage, son inquiétude grandit : bientôt, Jude découvrira ce tendre secret qu'elle lui a caché. Et alors, il sera furieux contre elle…

La tentation d'une assistante, de Nina Milne - N°4383

Terriblement sexy dans son costume taillé sur mesure, Ben Gardiner dégage une aura de puissance qui ne laisse pas Sarah indifférente. Or, elle n'a pas le droit d'éprouver une telle attirance pour son patron ! Ce poste d'assistante personnelle, qui l'a tirée de l'ornière, lui est bien trop précieux pour assurer une vie sereine à sa fille chérie. Pourtant, à l'occasion d'un voyage à Milan, happée par le monde glamour qu'elle découvre auprès de Ben, Sarah voit ses résolutions vaciller…

Un bébé à Bollywood, de Tara Pammi - N°4384

SÉRIE : *PASSION À BOLLYWOOD* - 2/2

Un vent de scandale souffle sur Bollywood, alors que les gros titres des journaux prêtent à l'actrice Zara Khan une liaison avec un homme marié ! Agacée d'être l'objet de ces odieuses rumeurs, Zara décide de prendre les choses en main… en s'affichant avec Virat Raawal. Le talentueux réalisateur, connu pour ses frasques sentimentales et son caractère indomptable, détournera l'attention des paparazzis sur leur couple sulfureux, elle en est sûre ! Hélas, malgré ses résolutions pour garder le contrôle de la situation, Zara se laisse prendre au jeu et succombe à la tentation dans les bras de Virat. Et, bientôt, elle se découvre enceinte…

Union royale à Idylla, de Caitlin Crews - N°4385

SÉRIE : *LA COURONNE DE LA PASSION* - 1/2

Roi d'Idylla, Orion s'est promis de faire tout ce qui était en son pouvoir pour restaurer la paix dans son pays. Or, aujourd'hui, le voilà contraint de prendre reine pour assurer sa descendance. Lady Calista Skyros, la femme qui lui est promise depuis toujours, ne correspond malheureusement pas à l'épouse idéale. Dotée d'un esprit rebelle, elle est auréolée de scandale. Pire, en raison du désir irrépressible qu'elle lui inspire, Calista pourrait bien lui faire perdre la raison, alors même qu'Orion s'efforce d'être auprès de son peuple un monarque irréprochable…

Les amants de l'oasis, d'Abby Green - N°4386

SÉRIE : *LA DYNASTIE MARCHETTI* - 3/3

La princesse Liyah est prête à tout pour épargner à sa sœur des noces arrangées – et même à prendre sa place devant l'autel ! Mais, au moment où Sharif Marchetti, son nouvel époux, lève son voile de mariée afin de la découvrir pour la toute première fois, tous deux tombent des nues… Loin d'être des inconnus l'un pour l'autre, Liyah et Sharif ont partagé la veille une nuit de passion, dans une oasis perdue en plein désert. Or Liyah le comprend aussitôt au regard furieux que lui jette Sharif : son tendre amant a laissé la place à un cheikh implacable…

Les vœux d'une épouse, de Lucy Monroe - N°4387

Voilà cinq ans que Polly est mariée au milliardaire Alexandros Kristalakis. Durant toute cette période, elle a redoublé d'efforts pour endosser son rôle d'épouse et se mouler dans la bonne société grecque à laquelle elle était totalement étrangère. Bridant ses élans naturels et adoptant une garde-robe de circonstance, elle est devenue aussi docile que présentable. Du moins en apparence. Dans la chambre à coucher, Polly s'autorise à être elle-même et à exprimer les émotions que son époux éveille en elle, malgré tout. Jusqu'au jour où, enceinte de leur deuxième enfant, elle pose un ultimatum à Alexandros. S'il veut sauver leur mariage, il devra renoncer à la femme trophée dans laquelle elle ne se reconnaît plus…

Fiançailles à haut risque, de Maisey Yates - N°4388

Victoria a commis une erreur, douze ans plus tôt, et, par sa faute, son père a été conduit à la ruine. Depuis, une oppressante culpabilité l'étreint… Cependant, elle a trouvé comment se racheter : elle va convaincre le milliardaire Dmitri Markin de se fiancer avec elle et ainsi reprendre possession de l'entreprise familiale. En échange de ce petit service, elle fera tout son possible pour améliorer son image de séducteur invétéré. Sur le papier, l'idée est brillante. Mais, sous le regard de feu de Dmitri, ancien champion de lutte et homme d'affaires impitoyable, Victoria comprend qu'elle vient peut-être de se jeter dans la gueule du loup…